기침이 하는
말들

필내음 문학동인회

1974년 충남대학교 의과대학 의학과와 간호학과 재학생들이 모여 만든 문학단체로, 졸업한 동인은 80여 명이다. 이 중 20여 명은 꾸준한 작품 활동을 하고 있으며 현재까지 6명이 시인으로, 1명이 수필가로 등단하였다. 지금도 매월 한 번씩 합평회를 하며 동인의 뿌리를 굳고 단단하게 자리매김하고 있다.

기침이 하는
말들

인쇄 · 2015년 7월 3일 | 발행 · 2015년 7월 11일

지은이 · 권주원 외
펴낸이 · 한봉숙
펴낸곳 · 푸른사상사
편집 · 지순이, 김선도 | 교정 · 김수란

등록 · 1999년 7월 8일 제2-2876호
주소 · 서울시 중구 충무로 29(초동) 아시아미디어타워 502호
대표전화 · 02) 2268-8706(7) | 팩시밀리 · 02) 2268-8708
이메일 · prun21c@hanmail.net
홈페이지 · http://www.prun21c.com

ⓒ 권주원, 2015

ISBN 979-11-308-0418-7 03810

값 10,000원

필내음 문학동인회 제2집 2015

기침이 하는 말들

권주원 외

 푸른사상
PRUNSASANG

인 사 말

회장 권주원

'필내음' 하고 부르면 입술에서 소리가 나고 냄새도 난다. 때론 눈물이 날 것 같다. 이 풍진 세상에 40년을 견뎌온 나뭇가지에서 2015년 4월에 봄꽃이 다시 피어난다.

대학 시절 6년, 때론 그 이상 의학을 배우고, 긴 고난의 수련을 받으며, 개업하여 진료실에서 아픈 사람들을 돌보아왔는데 어찌 몸의 질병만 보았겠는가? 남의 아픔을 본다는 것은 마음의 눈으로 숨은 사연을 듣는 것이리라. 의사도 때론 누군가에게 치유를 받아야 할 환자인 것을…….

글쓰기 또한 자신의 내면을 성찰하는 고된 작업이라 볼 수 있지만 동시대를 함께 살면서 동인으로 생각과 마음을 깊이 나누는 것 정말 축복이라 생각합니다. 2012년 창간호 『소나기를 만나다』에 이어 2번째 동인지를 내게 되어 무척 반갑고 기쁘고 고맙습니다.

이 작은 책에 우리들의 삶의 조각들을 모아 담아봅니다. 여러분이 함께 동행하였기에 여기까지 올 수 있었고, 앞날의 비전을 바라보며 나아갈 수 있겠지요.

동인 여러분의 가정과 일터에 복됨이 풍성하시길 기원 드립니다.

차례

기침이 하는 **말들**

차례

기침이 하는 말들

제4부 (수필) 어느 미술가를 생각하며

필내음에 관한 기억

송 세 헌 (옥천 중앙의원장, 충남의대 4회)

참 아슴하나 명료한 기억으로 남아 있는 사실들이 있다.

못 할 일 없고, 안 될 일 없어 보이던 대학 시절, 의과대학 야구부인 ILB를 탄생시키고, 문학동아리인 필내음 문학동인회를 창립한 것이다.

철 없던 의예과 시절을 끝내고 본과에 진입하여 해부학 실습 등지난한 의대 수업으로 억눌려 있을 때, 이 젊은 나이를 눈물로 보낼 수 없다는 시구처럼, 좋은 의사가 되는 길은 시심(詩心)을 잃지않는 것이라는 자명한 사실 때문이었다. 마침 초창기 대학이라 시서화(詩書畵)의 동아리들이 태동할 무렵이었다. 당시 의과대학은대흥동 지금의 대전대학 한방병원 건물이었고, 수련병원은 그 옆의 충남 도립의료원이었다. 지금은 없어지고 대흥동 현대아파트가들어서 있다. 그 당시 병원은 칙칙한 일제시대 건물로 내부는 어둡고 음습한 분위기여서 병원장님을 찾아가 밝은 조명으로 바꾸고,선별된 음악을 들려주어 분위기를 쇄신하자고 제안했던, 우리가 세상을 바꿀 수 있다고 믿었던 철부지 때의 일이다.

　당시 창립 회원이었던 송성선, 조석현, 강건, 빈재천, 손창복, 김옥련, 허중배 그리고 간호학과 서영숙 선생님 등이 떠오른다. 그땐 학도호국단이란 제도가 있어 각 동아리들은 지도교수를 선임해야 했으며, 그들을 통해 지도, 감시하였을 때이다. 나는 충대 학보사 기자 시절 원고 청탁 등으로 안면이 있는 시인이시고, 외과 과장님이시며 병원장님을 겸임하시던 손기섭 은사님을 지도교수로 모셨다. 그 후 선생님께서 워낙 바쁘셔서 충남대 국문과 교수님이셨던 오세영 선생님께 지도를 부탁드렸더니 감사하게 흔쾌히 들어주셨다. 그 후 필내음 문학동인회는 손기섭 지도교수님께서 마련해주신 도립의료원내 방에서 합평회를 하며 발전하였다. 당시 낡고 포르스름한 칠판이 필름처럼 내 망막에 깔려 있다.

　손 교수님은 글 쓴다고 절대 낙제하지 말 것을 강하게 주문하셨고, 낙제하면 필내음 회원 자격이 없음을 강조하셔서 우리를 사뭇 긴장하게 하셨다. 그래서인지 다행히 낙제한 회원은 없었다.

　어렵게 시간을 쪼개어 제1회 문학의 밤을 시온 예식장에서 문리과대학 송재영 교수님, 최원규 교수님, 오세영 교수님, 손기섭 교수님을 모시고 무사히 마쳤었다. 처음 있는 의과대학이라는 분위기 때문인지 문학의 밤 행사는 객석을 꽉 채웠다. 그때는 반정부 투쟁이 극심할 때라 그런 작품은 절대 발표하지 말라는 손 지도교수님의 엄한 분부가 있었는데도 모 회원이 자기 낭송 시간에 반정

부 글을 노골적으로 발표하여 마이크를 끄는 등 어수선한 분위기를 자아내는 에피소드도 있었다

아직도 야간에 가로수에 문학의 밤 포스터와 스티커를 붙이던 기억이 새롭다. 그해에 "그리미"라는 의과대학 미술부의 전람회가 문화원에서 있었는데 관람 후 권장원, 남방현, 빈재천 등 그리미 회원들과 같이 사진 찍던 기억도 병행한다.

지도교수였던 오세영 선생님은 한국 문단의 촉망받던 시인이셨는데 합평회 후에 갖는 막걸리집 파티에서의 총평은 감격스러웠으며, 우리의 답답한 가슴을 시원하게 씻겨주는 단비와 같았다. 아직도 생생한 현대문명에 대한 날선 비평은 내 생각의 주조로 편입되어 있다. 선생님이 충대를 떠나신 후 안 일이지만 지금은 시인이 된 어느 국문과 학생은 다른 강의는 하나도 듣지 않고 오세영 선생님 강의 하나만 들었다는 얘기를 직접 들은 적이 있다. 아직도 성모병원 앞 동태찌개집에서의 열강은 영화 속의 한 장면같이 내 뇌세포에 각인되어 있으며 선생님께서도 그 집이 아직도 있느냐고 물으신 적이 있다.

제2회 문학의 밤은 특색있게 열고 싶었다. 유행하던 예식장 문학의 밤 행사의 틀을 깨고 싶었다(당시엔 그런 발표의 장이 예식장뿐이었다). 그래서 병원 내 잔디밭에서 하기로 정하고 참석자도 각 고등학교 문예부 학생과 고등학교 연합 문학서클 학생, 각 대학교 국문과 학생들로 제한하였다. 하이라이트는 조명이었다. 옛날 전투 장면에서나 볼 수 있는 삼발이 위에 기름가마를 올려놓고 불을

밝히는 도구였다. 그것을 만들 길이 막막하던 바 당시 병원장님이 시던 손 교수님께 부탁하였더니 보일러실 직원들에게 부탁하여 멋진 조명 장치를 준비할 수 있었다. 그 문학의 밤 장소는 생사(生死)가 교차하는 응급실과 분만실이 코앞에 위치한 잔디밭이었다. 멋진 야외 문학의 밤이 되었음은 물론이다.

그 후 군 입대할 때는 국문과 손종호 교수님께 필내음을 부탁하고 갔었다. 군 생활과 수련의와 개업으로 정신없다가 2000년에 필내음을 잊지 못하는 후배들의 열정으로 다시 만나게 되었으니 이것은 필연이었다. 어엿하게 만개하여 성장한 훌륭한 후배 의사들과 새로운 장을 열게 된 것이다. 필내음 문학회 출신 중 시인으로 등단한 회원은 나를 포함해 조석현, 김승기, 주영만, 박권수, 김호준 등 6명이 있고, 모두 한국의사시인회에서도 활약하고 있다.

필내음 문학회는 지금도 홈페이지를 통해 의견을 교환하고, 매월 월례 합평회를 이어가고 있으며, 제1시집을 낸 후 이제 제2시집을 엮게 된 것이다. 대전을 비롯 서울, 수원, 서산, 천안, 영주, 논산, 보은, 옥천 등에서 찾아와 한 달에 한 번씩 핏속에 용해된 체험을 시와 술로 교학상장하는 사이가 되었다. 모두들 고단하고 지난한 의사 시인이라는 가시밭길에서 피어난 열정과 집념의 꽃들이다.

좋은 후배들을 만나 이런 기억들을 들추어보는 것도 행복이리라. 필내음 문학동인회 회원님들과의 행복한 동행에 감사하며 모두의 건필을 빕니다.

필내음 역사

박권수

내가 필내음에 발을 들여놓을 때도 봄이었다

봄은 모든 생명력을 빠르게 흡수하고 한없이 풀어놓는 습성이 있듯이 대학 캠퍼스도 그러했다. 이제 막 대학에 입학한 신입생들은 선배들의 추천으로 동아리 가입에 정신이 없었고 선배들은 파릇파릇한 후배들을 품으려 분주히 캠퍼스를 누비며 다니곤 했다.

당시 충남대학교 의과대학 본과는 대흥동에, 의예과는 유성 캠퍼스에 있었고 의예과는 이과대학 소속이었다. 때문에 동아리 모임이 있는 날이면 예과 2학년 선배들은 1학년 후배들을 데리고 대흥동 의대 건물로 가서 모임을 하곤 했다. 당시 의과대 선배님들은 의대 건물만큼이나 두툼한 무게감과 위엄을 지니고 계셨고, 붉은 벽돌의 의대 건물은 황량한 모습이기도 했지만 그런 건물의 뒤편에서는 파란 잡풀들이 그늘에서도 씩씩하게 자라고 있었다.

예과생들은 본과 선배님들의 강의실에 들어가 처음으로 문학 공

부를 하게 되었고 선배님들 작품을 필두로 파란 형광등 불빛 아래 시 낭송과 시 합병으로 긴 시간이 흐르기도 했다. 모임 후에는 주로 의대 앞 은행동 건물의 2층집이나 골목 뒤켠에서 막걸리나 소주로 허기진 배를 추스르며 서로의 어깨를 토닥이기도 했다.

당시 황정범 선배님과 간호학과 정복자 선배님의 언어들은 강의실 탁자 위에서도 주막의 술잔 위에서도 그 빛을 잃지 않았다

한 해가 지나고 권주원 선배님이 회장을 맡으면서는 모임도 더 자주 하게 되었고, 박찬권, 강상원, 김명수, 이정구, 정경태, 한능희 등의 선배님들이 함께해주셨다

하루는 권주원 선배님이 소책자를 챙겨와 후배들에게 한 권씩 선물로 주셨다. 의대 앞 복사집에서 복사하여 일일이 엮은 노란 소책자, 당시 타자기로 쳐서 글씨도 타자기 글씨로 된 『권주원 시집』이었다. 후배들은 그 책을 받고 그 책의 무게감과 열정에 부러움과 존경심을 잊을 수 없었다고 했다. 아직도 오비모임이면 그 때 얘기들로 모두가 시집 함 내보자며 웃기도 하지만 그 감동은 여전히 모두의 기억 속에 간직되고 있었다.

밤마다 글을 읽고 낭송하고 평하고 웃고 씁쓸해하던 그런 푸른 청춘들이 창문 틈새로 불빛을 따라 학번을 건너며 조금씩 흘러가고 있었다

또 하나의 커다란 추억 거리는 '필내음 야유회' 이야기다. 당시 김창완 김홍성 허인자 박연이 김기범 성덕규 최충식 전대근 김중

근 등등이 함께 했던 것으로 기억한다. 당시 나는 참석하지 않았지만 얘기로는 주말에 옥천군 이원면으로 단체 야유회를 갔었단다. 심천이란 동네였는데 동네 앞 냇가에 캠프를 치고 저녁에는 캠프파이어와 시 낭송 등으로 시간을 보냈다고 한다. 어느정도 시간이 흐른 뒤에 그 동네 마을 청년들이 갑자기 나타나 위협을 주고 시비를 거는 등 소란을 피워, 놀란 여 동인들은 여기저기로 피신하고 몇몇 동인들은 각자 흩어져 경찰에 신고하기도 하고 또 몇몇은 청년들을 말리다가 몸싸움까지 했다고 한다. 다행히 큰 사고 없이 해결되었지만 그때 놀라고 긴장되었던 순간의 기억은 오랫동안 잊혀지지 않고 동인들 사이에서 회자되고 있다고 한다. 아직도 그 자리에 밤하늘의 별들은 우릴 지켜보고 있는데 그때의 동인들은 지금 어디서 무엇을 하고 있을까? 훗날 김기범 동인과 권주원 선배님이 장용산 오비모임 야유회에서 밤새 이 이야기로 긴 밤을 새웠다는 후문이 있었다.

이후로 김중근 선배님이 회장을 맡으면서 당시 김창환 선배님의 농부가와 성덕규 선배님의 댄서의 순정은 거의 모든 놀이판마다 간판처럼 따라 다녔다. 가슴 저 밑에서 끌어 올린 김창환 선배님의 〈농부가〉는 모두의 가슴을 조여왔고 이어지는 성덕규 선배님의 〈댄서의 순정〉은 절대 비음과 꼬임으로 모든 동인들을 술잔 속으로 녹아들게 했었다. 오랜 세월 속에 달콤한 기억들은 쉽게 잊혀지지 않고 간혹은 그 음악이 들려올 때마다 혼자 중얼거리며 그때의 추억 속으로 빠져드는 것을 막지 못하고 있다.

다음으로 김홍성 동인이 회장이 되면서는 동아리 모임은 더욱 활성화되었고 당시 미술부의 도움으로 시화전을 더욱 풍성하게 할 수 있었다. 당시 손기섭 교수님이 지도교수님으로 계셔서 문화동으로 이전한 신축 의대 건물 로비에서 성대한 시화전을 열 수 있는 기회를 가지게 되었다. 당시 김영희, 김인경, 이봉희, 신정자, 이혜숙, 김상희 등의 간호학과 동인들과 함께 동아리 활동을 했고, 함께 하면서 서로의 문학적 교류를 더 넓혀갈 수 있었다. 그 중에는 장선화라는 간호학과 동인이 있었는데 재학 중에 충대 시목 문학동아리에서 활동하며 문학에 대한 갈등과 지평을 열어나가는 열정을 보이기도 했다. 당시 의대 1학년이던 허동식 동인은 학과 공부 중에도 혼자 문학에 심취하여 한밭문화제 시 부분 대상을 타기도 하는 등 서로 각자의 문학적 열정을 채워나가기도 하였다

이후 박권수 동인이 회장이 된 뒤로는 대전 시내 타 대학 14개 문학동아리들과 모임을 함께 하면서 봄가을로 시화전이 열릴 때마다 함께 모여 시 합평도 하고 뒤풀이도 하는 등 글 쓰는 사람들끼리의 친분과 문학적 교류를 넓혀가는 계기가 되었다. 당시 대학가는 시대적 상황에 적극 참여하자는 분위기로 '죽창'이나 '생채기' 등등의 현실참여적인 시어들이 대부분이었고 그에 반해 필내음의 시들은 감성과 내면을 응시하는 시들이 대부분이어서 시어의 선택과 시의 방향성 등에 갈등이 많았던 것으로 기억 한다. 서로 간의 좀 더 많은 교류는 서로의 지평을 넓혀주는 계기가 되었고 이는 후에 '대전마루'라는 80년대 대학 문학동아리 오비모임까지 만들어져 최근에 20주년 기념행사를 열기도 하였다. 당시 문학동아리들

로는 시목, 청림, 문향, 문뜨, 한울, 글무리, 새울, 금강, 등탑, 한우리, 글무리, 글밭, 시향, 통시 등이 있었다. 당시 함께 한 동인들은 전대근, 최병권, 정혜원, 김민자 등이 함께 했다.

이후 송영복 동인이 회장이 되면서 동인들 간의 결속을 다지고 오래된 졸업 선배님들을 찾아 보건지소나 병원을 찾아가는 등의 필내음 역사의 폭을 넓혀가고 있었고, 이후로 서용우, 오현양, 전호진, 이오영, 안향, 신상은, 최회석, 오연옥, 김보영, 김정희, 구영선, 이엄석, 이동훈, 문정규, 강윤세, 김의준, 한상혁, 김관욱, 장지현, 이원효, 정원준, 안동희, 조성래에 이르기까지 수많은 후배들이 현재까지의 필내음 역사를 이끌어왔던 것으로 기억된다.

제1회 문학의 밤

1974년 10월 시온 예식장에서 제1회 문학의 밤 행사를 진행했다. 앞줄 왼쪽부터 최원
규 시인님, 손기섭 시인님, 송재영 비평가님, 오세영 시인님이다.

고추잠자리

손기섭 (지도교수)

예까지 왔느냐

삶 탓이라 해도 너무 오래 잊고 있었다

어느 하늘 아래서 만날 거라고

졸업기념 사진에 써준

옛 친구는 저 하늘 어딘가에 사라지고

함께 무전여행을 하자던 잃어버린 땅

이제사 돌고 돌아서 와보니

네가 먼저 와서 기다렸구나

호숫가에 앉아 너와 얘기 주고 받으며

어깨 너머로 담배 연기 뿜어 오르는

중년 남자의 낯설지 않은 뒷모습 영락 없는

연기 오르는 굴뚝 메고 앉은 내 고향의 초가집이다

한 조각 흰 구름도 나무도 풀도 찌는 더위도

내 살던 땅과 한 가지 세상

빗자루 휘두르며 널 쫓던

거기 어딘가에 가랑잎같이 흐트러져 있던

대대로 쌓인 내 선대의 발자국들과

너만이 외로이 떠서 반기는구나

벌써 기약 없는 이별이냐고 글썽이는구나

나이 들면서 붉은 가슴 더욱 선명한 고추잠자리

1928년 경남 사천 출생. 1974년 한국문학신인상 당선으로 등단.

시집 『헌신』, 『고개 위에서』, 『나를 찾아서』, 『안개 속에서』, 『어머니를 찾아서』, 『다시 나를 찾아서』 등.

시는 연필로 쓸 수밖에 없다

오세영 (지도교수)

흰색은
알몸의 콤플렉스다.
그래서 첫날밤을 꿈꾸는 신부(新婦)들은
하얀 드레스를 입지 않던가.

태초에
알몸과 알몸이 만나 이 세상을 시작한
아담과 이브처럼
시를 쓸 때는 나도 항상
알몸이 된다.
걸친 옷들을 하나하나 벗어던지고
마침내 드러낸 그 연필심으로
수즙게
강약 강약······

리듬을 따라 뒤척이는

하얀 원고지 위의

그 나신(裸身).

전남 영광 출생. 전남 장성, 전북 전주에서 성장. 1965~68년 『현대문학』지 추천
으로 등단.

시집 『바람의 아들들』, 『별밭의 도소리』 등, 학술 서적으로 『시론』, 『한국현대시인
연구』 등 수십 권이 있음.

충남대학교 교수 역임. 현재 서울대 명예교수, 예술원 회원.

"세상의 모든 것은 다 놓아도

시는 아직 놓을 수 없다는

아니 놓아서는 안 된다는

시인이 눈감으면 가는 나라가 있다고 믿는……"

제1부

안부

필내음

송세헌

1977년 졸업

1999년 『시와 시학』 신인상 등단

시집 『굿모닝 찰리 채플린』

한국사진작가협회원

지용시낭송협회 지도교수

현 옥천 중앙의원 원장

gainsong@hanmail.net

대전역 구두병원

삼남으로 가는 관문이며
서울로 가는 등용문
신발에 끌려온 이력*과
신발을 끌고 온 편력
여기 내려놓는다

옥신각신 발바닥에 새긴 펜혹 같은 티눈
까치발로 까치발로 살아온 역마살이다

* 이력(履歷): 신 이

5월엔

조팝꽃이 피고
이팝 꽃이 피면
축제 꽃이 피고
불꽃이 솟고
닿는 데마다
엿가락 장단이 피고
허기진 장막을 치고
임금님도 못 먹었을
팔도 음식과 술을 푸고
애드벌룬만 한 트림을 하다
피자 한 판 그리고

그리고,
품바왕을 뽑고

안부

2014년 『유심(唯心)』 겨울 호에서
80세 이상 원로 시인님께 물었다

"아침이 오는 일이 그리 기쁜 일이 아닌
계절을 맞으면서 날마다가 참으로 심각한
흔하던 눈물도 다 눈을 감고 뜨지 않고
머리에 얹힌 흰 눈이 녹지도 않는

외로워서 귀양살이 하는 것 같은
오를 때 손잡아주더니 내려올 때 나 혼자인
이틀에 한 번 병원 가서 물리치료 받는
지팡이 짚어도 엉금엉금 기는 몰골인
다만 쑥스럽기는 하나 머지 않아 맞게 될
삶의 끝자락을 당당하게 맞고 싶은

노을빛 붉은 복분자 술을 마시며 푸념을 하지만
노년이라니,
세상의 모든 것은 다 놓아도

시는 아직 놓을 수 없다는

아니 놓아서는 안 된다는

시인이 눈감으면 가는 나라가 있다고 믿는"

원로 시인님의 고래 같은 숨비 소리

* 황금찬, 정완영, 김종길, 김남조, 김교한, 문덕수, 장순하, 박희진,
   강민, 김후란님의 답신

낙화

—이형기 풍으로

가야 할 곳이 어디인가를
분명히 알고 가는 이의
뒷모습은 얼마나 아름다운가.

인생 한 철
청춘을 인내한
그의 사랑은 뜨고 있다.

분분한 헌화……
결별이 이룩하는 명복에 싸여
분명히 알고 가야 할 곳,

무성한 베트남의 정글에
머지않아 열매 맺을 부하들을 묻고
하롱베이를 떠나왔다

그들의 청춘은 꽃답게 죽었다

따라가자
피 묻은 손길을 흔들며
하롱하롱 꽃잎처럼 진 전우들 곁
현충원 병사 묘역으로

그의 사랑, 그의 결별,
전쟁터에서 눈물로 함께 빚은 훈장을 들고
그의 영혼의 벗을 따라 1평의 집으로

* 故 채명신 초대 주월남 한국군 사령관.
  2013년 11월 25일 별세.
  "베트남 전우들 묻힌 곳에……" 유언 따라 8평의 장군 묘역이 아닌
  1평의 병사 묘역에 안장.

빈집

하얀 목련 한 그루

강아지마냥 대문 밖에 매여 있다

겨우내 낙엽같이 웅크려 있더니

발자욱 소리에 눈이 멀어

귀를 쫑긋 세우고 있다

기억은 대문처럼 기울어가는데

약속이나 한 듯 지키고 있다

매년을 마지막 봄처럼 지내는

열매 없는

나무

연꽃

환갑(還甲)

눈에는 모기가 날고

귓속에는 이명이 살고

어깨에는 오십견이 앉고

뼛속에는 바람이 일고

입에는 물이 마르며

머릿속 용량은 줄고

관절은 제 갈 길로 떠나려하는

탈모와 낙치의 계절

불혹을 넘어 천명을 알 만할 때

이렇게 죽어갈 수는 없을 때*

순한 귀 열리던 날로 돌아가라는

옐로우 카드

* 최승자의 「삼십 세」; "이렇게 살 수도 없고 이렇게 죽을 수도 없을
  때/서른 살은 온다."

필내음

김옥년

청주 김옥년정형외과 원장

연(鳶) 3

높이, 더 높이
넓게, 넓게 더 넓게
하늘은 끝이 없는 거야
그 너머로 내가 있었지

고요와 적막은 외롭지 않아
해질녘 초승달은 희미해지면
어깨 너머 샛별과
긴 이야기, 먼 옛날 밤새 하던
어두워지는 밤이었지

이제 동무들은 없고
달은, 별은 엊그제 지고 또 어제 져도
연(鳶)은
홀로 산을 넘고 바다 건너 마냥 간다
붉게 타오르는 수미산 등어리에
한 점 먼지가 되어 사라질 때까지
인연은 애련이 되어

끊으면 괴롭고 묶으면 아프고 가련한 것

끊어라
정월 보름달 연줄을 끊듯
속이고 뽐낸 찰라들은
한 점 새가 되어 날아갸려니
붉게 타오르는 서쪽으로

필냄음

조 석 현

충대문학상 수상

시문학사 대학생 문예 모집 장원 후 시문학 데뷔

1986년(6병동) 상재

의학박사, 조석현정형외과 원장

시문학 회장, 중앙행정 심판위원회 보훈의료위원장 역임

현재 건강보험심사평가원 상임이사

송인헌전
— 추억이 있는 풍경

뒤척이는 밤 파도
화폭에 잠재우고 나면

배경이 외로운 꽃 속에
접어둔 가을—

떠날 사람 떠나고
추억 한 점
눈물로 남는데

시인과 화가를 꿈꾸었던
그대와 나—

바람 같은
시간의 숲을 지나
지금 여기 머물러
정박 중—

사진

— 얀 싸우덱

나의 영혼을 앵글에 담을 수 있다면
에로틱한 뒷 모습으로
마무리하세요

내가 꿈꾸었던
나의 사랑은 저만치 멀어져가는
풍경 속 기억

속삭이듯 들려오는
노랫가락은
설레였던
그대의 목소리였던가

빛과 어둠
사랑과 미움
다 버리고
남겨둔 메아리
여기까지 따라옵니다.

바츨라프 광장

— 프라하의 봄

1968년 여름
그 날!
진실을 위해
탱크와 마주친 젊음을
그대는 아는가

빵보다 자유를 달라는
시대의 정신은
영웅으로 탄생하는 것

그대가 그대만의
사랑을 갈구했다면
초라한
기억이 되었을지 몰라

우리의 인생
우리의 사랑
우리의 진실은

어디에서 봄처럼

싹을 틔울까

필내음

김승기

2003년 『리토피아』로 등단

시집 『어떤 우울감의 정체』 『세상은 내게 꼭 한 모금씩 모자란다』

『역驛』 『여자는 존재하지 않는다』 산문집 『어른들의 사춘기』

경북 영주시 구성로 346 김신경정신과 의원(054-638-3890)

kimsnpc@daum.net

빈 곳

누구나 천형처럼 가지고 있는 그것
그곳이 허전해 꿈꾸는 정사(情事)
옆방 여자가 위태롭게
그 빈 곳을 채우고 있다

버스를 기다리는 이의 뒷모습도
한 사내가 피우는 담배 연기도
칼국수를 먹는 후드득 소리도
그곳으로 향하는 길목이다

산을 내려오는 길 하나
새벽에 마주친 사내를 닮았다
지랄 같은 그 빈 곳 때문에
저리도 꼬불댄단다

반주(飯酒)

산새도 제 집 찾아 분주히 날아드는데, 외딴집 혼자 사는 박씨 집 창문에도 불이 훤한데, 나는 늦은 저녁을 꾸역꾸역 먹으면서 겨우 마침표 하나 찍는다

하루의 유일한 보람이 저녁상에 곁들이는 소주 한잔이라면, 너무 무책임한 발언인가?

그 외 시간은, 내 안에 있는 타인들이 산다

과거가 산다

안 올지도 모를 미래가 산다

상념(想念) 혹은 불안

유리 상자 안을 들여다본다

생각 하나 지나간다
생각 둘 지나간다
생각 셋 지나간다

생각 하나 한참 가다 되돌아온다
생각 둘 돌아왔다 다시 간다
생각 셋 달려왔다 달려가고 또 달려가고 달려온다

유리 상자를 쾅 친다
잠깐 조용하다

나는 그저 바라볼 뿐이다

짝눈

세상엔 오직
도다리와 광어밖에 없더라

아무리 창을 넓게 열어젖혀도
오로지 두 방향

너무나 섹시하게
좌! 우!

세상이 온통
찢어져 나부낀다

당신은
도다린가? 광어인가?

방

사람들은 이제 모두 나비가 되려나보다

나뭇가지처럼 뻗은 골목 구석구석
회가 마련되고, 그 위에 다닥다닥

고치 같은 방마다
고단한 몸을 겨우 들여놓고
비상의 긴 꿈을 꾼다

몇 잠을 더 자야만 나비가 되려는지

원룸 세놓습니다

그 속에서 부화되어 나간 나비는
지금 어디로 날아갔을까?

권 주 원

1986년 졸업

논산 권내과 원장

kjw1475@hanmail.net

엑스레이

사람을 겉모양으로 살피면
양가슴이 좌우대칭으로 균형 잡혀 있는데
엑스레이 찍으면 심장 하나가 왼쪽으로 삐딱하네요
진료 중에 내 말씨가 헛 나가기도 하고
의자에 다리 꼬고 비뚤게 앉는 버릇도 있고
등도 굽고 가는 허리 뼈적찌근한 것이
내 마음 어디 18도쯤 꼬인건지 모르겠어요

가끔은 발칙한 상상이 떠오르기도 하구
갑자기 열 받아 골 뚜껑이 열려버리기도 하니
내 생각과 내 감정을 똑바로 다스릴 수 없네요
신이 인간을 만들 때 잘 못 만드신 건가요
엑스선도 실수 중에 발견된 것이라는데……

지구도 23.5도 기울어져 돌고 있대요
그래서 밤낮과 사계절이 생긴다네요
만약 기울기 없다면 봄 여름 갈, 겨울 없이
얼마나 삭막하고 재미없었을까요

청자연적의 연잎 하나 비틀린 것처럼

신의 걸작품이 이꼴 저모양이라니

넘 완벽하면 사람이 교만해질까 봐

늘 겸손하게 살란 뜻이 아닌가요

만일 심장이 오른쪽으로 기울어 있다면

국기에 대한 맹세를 드릴 때

왼손을 오른 가슴에 얹고 다짐하면 영 이상하지요

눈부처

당신의 눈 속에
내가 있고
고집만 잔뜩 부리는데
부처라 부르네

내 눈 속에
당신이 있는데
때려주고 싶었지만
눈부처라니

미워도 가까이
두 손을 마주 잡고
서로 눈동자 바라본 순간

등산

지팡이를 짚고 가자
의지가 되지요

배낭을 매고 가자
새힘이 솟아나죠

신발은 무거울수록
오래 높이 올라간대

뒷굼치로 디뎌봐
땅이 떠받쳐주거든

맨손은 뒷짐을 져봐
하늘이 잡고 뒷심 주잖아

저런 혼자는 위험해
멀리가려면 함께 가자

못 3

어제 현충일
하루종일 못 떼우느라
허리는 끊어지고
머리가 쪼개지게 아파서
농사 못해 먹겠다는
갓 귀농한 여인에게
주사 찌르는데

학장 시절 모내기
몇 차례 못질에 몸살
못 박기는 진땀 나고 피 보는 일

평생 논밭에 살다 가신
아버지 어머니 생각나

청청 하늘을 바라보다
감히 신의 손바닥 그려보는

개기월식

배고픈 개가
달을 물고 삼키는 거야
사람들 제그림자 못보고
깜짝 놀라서 멍멍

다시 나온 달나라
누구 발자국 보이고
인간들 저마다
토끼타령인데

지구 나라 골목길
개발은 땀나고
머리는 쥐나고
마음도 찔려서
멍 때리는 한 밤

11월의 자전거

11월의 오후는 가장 한가롭다
벼 벤 후에 황새와 두루미들 우렁을 잡으려 다투어
발자국 찍어대던 넓은 논바닥에 아이들 사라진 지 오래
요즘 천옆의 비닐하우스엔 고달픈 에비 에미만 남아
마치 누에고치처럼 연신 꼼지락거리고 있는데
갑천에 어미 못 따라간 철부지 물오리들 빈 물 훑는다

자전거는 만년교에서 가수원으로 둑위를 줄지어 달리고
억센 억새들이 여름내 땀흘려 일하더니 열매
대신에 솜사탕 하나씩 손에 들고 자꾸 흔드는데
두 바퀴가 서로 빨리 달리려 맛 볼 틈도 없이
앞에 나타난 무지개보다 화려한 만추의 구봉산
부딪힐라 얼른 우회전 동서대로로 빠져나간다

석양을 향하여 내달리다 잠깐 멈추어 돌아보니
아직 따스한 햇살이 바퀴살에 부딪혀 고운 가루
눈부시게 사방으로 흩어져 날리는데
그림자는 쑥쑥 자라 갑천을 넘고 한밭대로 덮는다

앞에 빈계산은 노을에 진홍으로 물들어가니
자전거는 산 넘고 노을속에 뛰어들고만 싶은데
동서대로는 산자락에 가로막혀 뚝 끊기고
두 다리에 묶인 11월의 자전거는 터덜터덜
질겅질겅 고독을 껌처럼 씹으며 돌아가는데
첫 눈은 언제 올까 검은 하늘을 올려다본다

부스스 일어나는 것이 송장보다 어렵다

날은 뜨겁고 사업도 시원찮은 아들의 부축

대지가 예전만큼 단단하지 못하다

제2부

병원에도 묘지가 산다

필내음

이정구

대전 가양동 현대정형외과 원장

하필

하필 그날이다.

아직
생살 잎사귀 툭툭 꺽어내는
가을비 내리는 날.

속옷 틈으로 스미는 빗물
허허롭다.

남은 것이 언제인가?
또 하나
뚝 꺽어내는 그날.

비 오는
시월의 날.

김명수

서산 김신경정신과 원장

거울 2

들여다본다
가만히
너의 눈으로 나를 본다

귀 기울인다
조용히
너의 귀로 나를 듣는다

이렇게
마주 서

나의 눈으론 보이지 않는
나를 본다

나의 귀로는 들리지 않는
나를 듣는다

거울 4

묻지 않은 말
듣고 싶지 않은 말

들린다

생각지 않았던 것
잊고 있었던 것

보인다

들리는 것
보이는 것
사라졌던 것

서로
이야기한다

거울 5

네가 웃을 때
같이 웃을 수 있어서
난 좋다

네가 울 때
같이 울 수 있어서
난 좋다

네가 아파하거나
네가 침묵할 때도
너와 함께 있는 것만으로도
난 좋다

혼자이지 않아서
난 좋다

거울 6

다가가면
다가선다

낯설음
두려움

없다

안으면
안길 것 같다

거울 14

오늘도 넌 아무 말도 하지 않는다

네가
화가 나 있거나
우울한 거라고
난 생각한다

무슨 일이 있었겠지 하면서도

말 한마디 없는 네가
난
서운하다

같이 있을 뿐
이럴 때
넌
남 같다

거울 24

거울
가을의 거울
거울
겨울의 거울

봄 여름 다 가버린 뒤

가을
겨울

거울

필내음

김중근

당진 열린내과병원 원장

세상

사르르 잠겨들던 사토가
어느샌가 활토되어 자라난다
휘영청 비틀거리는 대지는
어느새 마디마디 선으로 연결되고
피어오르던 아지랑이는
진공의 블랙홀로 빨려간다
빨강 녹색 홍색으로 버물어진
세상 구석구석에는 바퀴살처럼
엉기어 어지러이 굴러간다
톱날에 깎인 가로수는 각진 모서리를
수줍게 내보이고 잘려진 팔 다리는
틀니 빠진 해골처럼 여기저기 내팽겨진다
빌딩의 마디마디는 칼날처럼 빛난다
자꾸만 각져가는 세상 세상
무너져가는 구 건물 잘려가는 가로수 밑에
빌딩의 그림자가 잠자고
그 위로 내가 걷는다

박권수

1990년 졸업

2010년 『시현실』 신인상 등단

대전 유성 나라정신과 원장

화성고모

화성, '개박골'이라고도 했다
하루에 버스가 두 번 다니는
고모는
막걸리 냄새나는 부엌이나
먼지 나는 신작로에 멍하니 앉아 있곤 했다

"잘 지냈냐"
말이 움푹 패여 있다

사는 거 다 거기가 거기여,
함 놀러와
할머니마저 돌아가시고 나니 끈이 없드라
그냥 전화한 건께
함 놀러오고
이제 보면 또 언제 보겠냐

화성을 지날 때면
커다란 신작로 가로수마다

또 언제 보겠냐

또 언제 보겠냐

잎새들이 신작로를 툭툭 치고 간다

점포정리

상가가 철시한다고
다 떠나는 것은 아니다
점포 앞 좌판 노인은
간간히 등을 기대
떠나지 않은 먼지들을 위로 한다
감사함에 보답하듯
먼지들은 노인의 머리 위에 앉아
세월을 낚고

굳게 닫힌 문 사이로 오늘은
바람이 분다
나사 풀린 의자와 금 간 진열장
그 사이 작은 햇살 하나가 통화를 한다
쉽게 떠나지 않고 자리를 지키는 것이
부족한 사람들만의 몫은 아니라고
아주 작게 하얗게
소곤거리고 있다

알약

간호사가 코팅된 알약을 자르고 있다

지독한 사랑을 원하지 않나 보다

잘게 부수어

심장이나 간으로

때로는 콩팥으로 전해지는

오래도록 자리에 머물다 도움이 되고 나면 빠져나가는

깊이 물들이지 않고도 사랑을 하는

그 작은 알갱이들이 되고픈 거다

오늘도 간호사 손에 들린 알약에

내가 들어가 숨는다

○○의료기 뒤안

아침 햇살을 콕콕 쪼아가며
할머니 서넛이 걸어가고 있다
늙어서 걸음마저 느리면
저승문 앞 좋은 자리 받지 못한다고
외진 설움들이 하나 둘
모여들고 있다
"왔댜, 그물 먹어 봤슈, 옥돌 장판이 어떻댜"
마른 침 꼴딱이며 일수 도장을 찍는
일,

옆집 진희 할머니가 보이지 않는 오늘,
서성거리며 흔들리는 눈빛들
성한 이 사이를 비집고 흐르는
"좋은 데 구경 갔당가"

병원에도 묘지가 산다

며칠 전
외삼리 김순례 님 소식을 들었다

잠만 자게 잠만 자게
올 때마다 할머니는
의사의 손을 잡고 마른 눈썹을 껌벅거렸다

차트엔 숨소리 대신 쉼표나 점들이
휘청거렸고
약 봉투의 날짜만큼이나 먼 걸음을 재고 계셨다

이만하면 됐다, 고
마침표 대신 머리 조아리고 뒤돌아선 며느리
흐린 것은 기억에서만 멀어지지 않았다

겉표지는 살갗처럼 굳어
사(死) 자 모세혈관을 그리고 나서야
한숨 내려놓고
차트장 한 켠에 세워지는

오후

오래되면 모두 소리가 나는 걸까

수액실 침대가 삐걱거린다
주사 바늘이 각질의 두께를 잰다
한숨 푹 자고 나면 나아질까
숨소리마저 잊혀질 수 있을까

부스스 일어나는 것이 송장보다 어렵다

날은 뜨겁고 사업도 시원찮은 아들의 부축
대지가 예전만큼 단단하지 못하다

식당에 들러 서성인다
아들의 주머니보다 먼저 입을 연 계산서
그냥 저거나 먹자
그냥 저거나,
삶이 그렇게 저거나처럼 흘러가면 좋겠다

배를 채우고 나오는 일상

해는 뜨겁고

나이 든 그림자는 늘어지거나

진하게 그을린다

아들의 손을 구태여 잡지 않는다

아들도 손을 잡지 않는다

잡지 않고도 그 접선의 연결 고리에 부딪히는 강도

오후는

움찔하고, 시큰하다

필내음

김 기 범

대전 관평동 테크노외과 원장

어느 눈 내리는 날

안개꽃 흐드러지듯
구멍 난 하늘 위로
그리움이 눈이 되어 내리네

지난 날 걸어가던 그 길에
추억은 눈송이로 쌓이고

그들 위로 새겨지는 나의 자화상
그리 어울리는 모습은 아닌거야

가고 싶어도
보고 싶어도
그 길은 왜 이리도 멀기만 했는지

지우고 지워도
부풀어 오르는
차창 너머로 쌓이는 눈

비틀린 조각의 파편들 위로

그리움이 눈이 되어 내리네

치질(痔疾)

어느 날 갑자기 솟아오른 너는
족보에도 없는 사생아

살아가는 것이 힘겨워
굴곡진 모습이 아닐까

긴 하루에
말라비틀어진 꽃망울처럼
구겨진 네 모습

아픔을 안고 살아가기엔
너무나 먼 길

너와 내가
하나가 되어
웃음 지을 때

창밖의 하늘은 한없이 맑다

눈이 내리네

창 너머엔
온통 새하얀 눈송이가
애타게 겨울을 기다려왔음인가

거리를 지나는
낯선 이들의 얼굴위로
해맑게 피어오르는 눈꽃들

지난날 소년의 가슴 위로
새하얗게 그려지는 얼굴
가슴속에 그리움으로 물들고

겨울엔
꼭 찾아오겠노라고

말라비틀어진 가지 위로
그렇게 너는 다가왔지

별리(別離)

칼바람에 몸을 흔들며
잘 가라고 고개 짓을 하는 네가
왜 이리도 서러운지

두꺼운 껍질 속에
둥지를 튼 악어새처럼

너는 항상 거기에
서로 다른 곳을 쳐다보다가
스쳐 지나가는 바람일수도

벗어버릴 수도
벗겨낼 수도
지우면 지울수록 솟아나는 그리움

낡은 책상 위로
못다 쓴 너의 눈물이
이제는 흘러간 세월을 채우고 있다

회상(回想)

아스팔트 거리를
걷다 보면
그곳엔
또 다른 내가 있다

그림자의 길이만큼
지나온 세월이기에

제 얼굴을 가슴에 묻고
잊혀진다는 것이
잊을 수 있다는 것이 기쁘다

이미 멀어져버린
그 길은
그리움으로 남아

이제는
발자국을 더듬어
너에게로 가고 있다

필내음

허동식

대전 둔산동 세우리병원 마취통증의학과

꽃

꽃이 피어 있다.

거실에 꽃이 피어 있다.

거실에 사온 꽃이 피어 있다.

거실에 사온 난 꽃이 피어 있다.

꽃은 아름답다.

계절은 삼월,

밖은 추운데

핀 꽃은 아름답다.

계절은 삼월,

밖은 춥고

핀 꽃은 아름다운데

나는 핀 꽃을 가지고,

핀 꽃을 두고 나가야 하지만

나는 꽃을 두고 햇빛을 바래며,

꽃을 두고 흙을 만지며,

꽃을 두고 나갈 생각을 한다.

꽃을 가지고 나갈 생각을 한다.

K2

장엄하고 위대할 듯한,
아름다운 산은
상표가 되었다.

나 또한 일개
구성원이 되었다.

어머니는 오늘도
나의 안부가 궁금하였으리.

그 산, 눈이 시린
그 발치까지 가고자 하였으나—

모일(某日)

아들이 군대에 가는데
비가 오네.
아들이 군대에 가고
딸은 입시 준비에,
우리는 네 식구
멀리 있어서
마음은 가녀려지고
부모의 마음을,
늙고 쇠하신 부모에게 물어보랴
꽃이 피고 지고
꽃이 피고 지면
돌아올거나
비가 오고 눈이 오고
비가 오고 눈이 오면
너는 병장, 나는 오순을 지나
너는 너의 고단했음을,
나는 나의 이움을 이야기하랴,

아들이 군에 가는데

비가 오네.

어제

움직이면 쉬고 싶어진다
조금 앉아 있으면 걷고 싶어진다
잠시 잠깐이면 또 담배가 피고 싶어진다

해가 진다
해가 언제부터 저리 지고 있는데……

침대에서 뒤척이는 것은 지겨운 일,
지칠 때까지 밖에 있다 돌아가야지
지금은 저 집으로 돌아가지만……
낮달이 날 쳐다보고 있다
달은 높이 떠 있다
새 한 마리 겨운 모습으로 날고 있다

또 한 마리 새, 어디로 가는 것이냐
줄지어 나는 새는,
우리들은, 본능을 산다

바람

바람이분다어디서오는지알수없는바람은춥다

바람은바램이아니다바람은봄바람이아니다

바람이따스한시원한때도있었다무더운한여름플라다너스

나무밑에서바람은고마운, 오늘날바람은춥다건물을돌아서는

뒷골목같은건물과건물사이바람은추워서진저리가나는,

생각은바람같다생각은머리속에서오겠지만머리속그좁은

곳에서

그많은생각들이나를어쩌자고나를이래선안된다고, 잃어버린

물건을

선물처럼다시찾은아침이저녁이되고어제가되고어제엊그제가

되어서

잃어버렸다연기가피어올라사라지는것이생각났다하얀

연기는금시사라지지않고아스라이아득하게안타깝게사라져버

리는

연기는이제좀처럼볼수가없다

올 봄은

버선발로 님을 맞듯

반갑기만 하네

제 3부

시인이 지나는 자리마다

필내음

안 향

대전 유성 청담정신건강의학과 원장

추풍령 나뭇잎 사이마다

날마다 앞동산 나뭇잎 사이사이에 사랑을 묻어두었다. 몰래 숨겨둔 사랑이 어찌 아름답다 하지만 가슴 저리게 아픈 눈물이 었고 눈물이었다. 우리는 한때의 오후 손잡고 그 흔한 산책 한 번 못했고, 쓰디쓴 소주 한 잔 마주하고 보듬어주지 못한 사랑이 어서 서러운 님이었다. 아침 밥상 받아보고 싶다는 마음도 나뭇 잎 사이사이에 꽂아두었다. 하루 한 시간 마음을 나뭇잎 사이에 곱게 숨겨두었다. 그렇게 찬바람에 이리저리 인연이 흩날리고 파란 가을을 차마 등에 지고 단 한 번 원망 없이 켜켜이 눈빛을 쌓아두었다. 겨울이 되어 나뭇잎 자리에 눈이 쌓인다. 어느새 나뭇잎 사이는 텅 빈 허공이 되고 바닥 곳곳마다 낙엽무덤만 내 발자국을 받는다. 사랑은 어디 갔을까. 겨울마다 나뭇잎 사이에 날리는 바람과 미처 인사도 못한 채 흩날리는 죽음이 맨가지 사 이로 하늘만 파랗다. 어지러운 찬바람이 눈물을 스친다.

독대(獨對)

하루의 끝이

검푸른 밤하늘과 나무의 〈독대(獨對)〉

행복한 인생들은 잠들고

가여운 인생들은

별로 뜨고 달로 뜬다

나무가 세상을 대신하여

죄(罪)를 묻는다

아침을 기다리는 자(者)

태양이 맹렬하게

저 나무를 태우니,

하늘과 하루를

정직하게 받아낸 죄(罪)

밤하늘에 나는 서다.

안녕

그 남자의 눈은 갈색이고 그해의 가을 같은 인생을 살았다. 첫 사랑은 가을에 시작되었고 이듬해 겨울이 끝날 때 보냈다. 그때부터 비밀번호는 가을이었고, 만나는 사람마다 단풍 같은 사랑과 사과 향 가득 나누어주었으나, 겨울이 지나갈 때쯤이면 그의 눈을 보았던 사람은 아무도 없었다. 아무도 그의 봄과 여름을 본 적이 없다.

그는 해마다 죽고, 해마다 살아났다. 죽을 때마다, 나는 그의 곁을 지켰고 살아날 때마다, 그의 곁에 있었다. 여전히 그의 눈은 갈색이고, 그의 언어는 가을이었다. 그의 늙은 노모와 아내와 어린 딸은 봄과 여름처럼 곁을 지켰다. 더 나이가 들어 매일 저녁 딸과 아내를 위하여 저녁 준비를 하고 책을 보고 TV를 보다가 베란다에서 담배를 피웠다. 베란다에서 바라보는 도시의 하늘은 담배 연기뿐이었다.

그러므로 시간을 몰래 지우고 몰래 시간을 만들어냈다. 그는 잠자리에 들기 전에 언제나 잠든 딸과 아내에게 사랑한다고 속삭였다. 안녕하신가? 나의 봄이여, 나의 여름이여.

목련이 떨어지는 4월 하루

시계를 바꾼다고
시간을 바꿀 수 없다는 것을 아는데
사랑을 바꾸고 싶어 여자를 바꾼다

솔직하게,
지겨워졌다고 말하고 싶은데
그대를 사랑했었다
눈물 뚝뚝 흘린다

이보다 더 진한 구토는
헤어진 연인을 위해 기도하는 시간

꽃의 이름을 부르지 말아다오
꽃이 과연 꽃이더냐.

이것이 나의 변명이다.

시인이 지나는 자리마다

신(神)은 음란한 적이 없었을까

시청역 앞 원룸에서

매우 음란하게 사랑을 한다

너는 그림을 그리고 나는 노래를 부르니,

아무래도 백 번쯤 더 만나야 위로가 될까

우리가 지나는 자리마다 무덤 하나씩,

노랫자락 구름자락 비석(碑石) 삼아

무덤 하늘에 걸어두고

추풍령 작점고개 넘는다

이 하늘에 태양은 뜨지 않을 것이다

나는 인생(人生)에게 음란한 적이 없었을까,

하는 생각을 하는데

무엄하다고,

새들이 저만치 날아가버렸다.

부끄러워하지 말라고,

추풍령 바람이 비구름을 몰고 왔다.

오 연 옥

경북 영덕읍 행복한연합의원 원장

올 봄

따스한

햇살이 좋고

망울을 터뜨리는

작은 꽃들이

이리 예쁜 적이 없었는데

지난

겨울이 많이 외롭고

추웠나보다

해가

바뀔수록 심해지는

알레르기가 귀찮지만

올 봄은

버선발로 님을 맞듯

반갑기만 하네

젊은 날의 기운을 맞듯

환하기만 하네

담쟁이 3

이 생이
편하다면 왜
그 먼 곳에서
천국을 찾을까

어느 삶인들
여기서 편하지 않듯
나에게
주어진
이 위태로운 사랑을 향해
기꺼운 마음으로
오르고 있다

필내음

최 회 석

마산시 석전동 우리소아청소년과 원장

경계선

아름다움은 시간과 함께 질려버리고
정열은 타오르는 순간 식어버리나니
언제나 그저 그러면서 무심함으로 지내온 고독한 평화는
안개 속 미래의 보호막이었다.

늘어지는 한숨 소리에 눈동자를 풀어버리고
입속에 고인 미지근한 타액을 삼켜버리지 못하는 것은
두 조각 깨어진 거울에 비친 두 허상에 희롱당하고 있음이니
내가 처음으로 서글피 눈물을 흘린 것은
잃어버린 나의 존재가 살아 있음을 느낀 순간이었다.
그러나 파멸시킬 수 있는 영혼을 포로 삼아
활화산 정상에 잠자리를 마련하는 나의 광기에
과거의 어떤 예언자는 감동의 한숨을 내쉬었으리라

믿음

이 세상에 영원한 믿음이 있으니

그것은 오직 당신입니다

언제나 그리고 영원히 함께 있을 당신

절대자에의 경외감도

연인 사이의 달콤함도

느낄 수 없는 당신이기에

나는 무한한 안정과 끝없는 희망을 찾게 됩니다.

당신의 모습은 보이지 않습니다.

당신의 음성도 들리지 않습니다.

그러나 나는 믿습니다.

당신은 영원히 나의 영혼과 함께 있음을

타임머신
— 뫼비우스의 띠

선택의 아쉬움도 갈등의 괴로움도
무슨 소용이 있겠습니까?
그대는 없을 수도 수없이 많을 수도 있으니
슬퍼할 것도 기뻐할 이유도 없습니다.

그대가 정녕 천국에 머물지라도
또 하나의 그대는 쓰레기통을 뒤지며
곰팡이 낀 빵 한 조각에 환희를 느낄 것입니다.

그러나
풀릴 수 없는 미로의 오답은
과거의 그대 부모를 죽이는 것이니
그대는 이제 과거만을 위한 타임머신을 위하여
또 하나의 그대를 창조해냅니다.

김 대 겸

대전 성남동 효촌푸른의원 원장

기침

건너방
기침 깊은 소리

기침으로 내가 벌어먹고 살 제
아버지의 오랜 기침은 폐암이었다

애들만 남기고 돌아간
아버지의 천식 어머니는 한(恨)으로,
겨우내 어린 가장은 냉 받친 한숨으로,
대물림으로 젊어 돌아간 삼촌은 삭인 설움으로,
가쁜 가슴에 찢어 터진 기침이었지만
아버지의 담배 속 기침은 짙은 미련이리라.
그 어머니와 동생을 가난에 보낸 아버지에게
기침은 농 짙은 미련이리라

못된 응어리를 녹일 수 있다면
가래처럼 퉤! 하고 내뱉을 수 있으련만

밤은 깊은데

아버지는 잠 못 들고

건너방

기침은 더 깊어간다

필내음

이 원 효

한림대학교 동탄성심병원 근무

갤럭시 아메리카노

— 삼성전자 서비스 해고 기사의 목소리가 퍼지는 한 터미널 광장

누가 저 많은 커피를 마시나

저 많은 콩은 어디서 왔을까

광장 모퉁이마다 비집고 들어선

비둘기

카페 베네 할리스 엔제리너스

내게로 오네

천사처럼 내려오네 모이로 주면

먹을까 저 콩

다아크 브라운의 열기 식어갈 즈음

시급 받던 커피숍 알바생

금세 사라진 시큼한 아메리카노

꿈처럼 짧은 크레마,

5200원.*

* 2014년 법정 최저 시간당 임금 5210원. 삼성전자 서비스 기사의 하
루 평균 10시간 근무로 받는 월급은 백만 원 가량이라 한다. 시급
5000원 남짓이다.

경계

아는 것과 모르는 것의 불확실한 경계
거기에서 늘 어지럽다
바다 위 페트병처럼
떠다니는, 때로는 침몰하는
그 경계를
바람은, 나
로부터 머언 쪽으로 자꾸 밀어내고
고독이 대신 틈바귀를 채운다
밀린 카드 대금 납부 독촉장처럼
세상의 공식은 여전히
가독한 활자로 가슴을 파고드는데
등호가 동일함을 담보하지 못하고,
나와 세상의 경계가 보이지 않는 것
끝내 경계를 허물지 못하는 것은
늘 덜 전개된 채 내게로 오는
세상 탓인가 미쳐
해체되지 못한 내 무지 탓인가

필내음

김 호 준

1988년 서울 출생

2014년 『시와 사상』 신인상

현재 논산시 공중보건의사

눈

빛줄기가 파고들었을까

내 몸 안에도 출렁이는 바다가 있다

이끼와 잡초로 똬리를 튼 나선계단과

끝 모르게 이어지는 시야

종잡을 수 없는 수심(水深)이라지만, 댐의 출현으로

수몰된 아랫마을이 나에게 감춰졌음은 분명하다

구멍을 통해 들어왔다 나가곤 하였지 체액의 수면은

최후의 과녁을 통과하기 위해 당기는 궁수의 시위처럼

나의 눈으로 걸어 들어오는 사람이 있다

수궁(水宮)의 일렁임과

수심 사이 중심을 잡으려 안간힘 쓰는

가옥의 잔해, 썩어 문드러진 목필(木筆)로 나는

그림자를 쓰윽 매만지고 왔다

달의 기운

할아버지의 고개에는 달이 매달려 있어요 텅 빈 도화지를 넘기며 세월을 흘리는 동안에도 달은 차오르거나 사그라지지 않았어요

오랫동안 서로에게 기대어 살아온 식도와 기도는 분화구가 생긴 다음에야 멀어졌어요 후두암이 모든 말을 적출하여 더 이상 통하지 않는 기도 위로는 은색 비늘이 자라났어요

분화구에 낚싯대를 드리워요 미늘에는 후각 망울이 걸렸을까요 옴팡진 골짜기를 떠나지 않는 물고기에게서 달의 냄새가 나질 않아요 눈에서 눈이 옮겨가요

기울어질수록 기울어지는 달은 아가미처럼 여린 조직, 들썩임을 봉합하던 달빛은 아직도 낚싯대를 잡아당기고 있어요 와락

말

날카로이 벼린 무언가에 갈려져 고른 말이 되었지만
낱장의 무게를 이기지 못한 채 쏟아지는 의서(醫書)에
그들이 운신할 자리는 없다

ㄱ, ㄴ, ㄷ…….

종이를 넘어서자마자 뚝뚝 떨어지는 말
쭈그려 앉아 있는 그들 위로 세월의 무게가 추출되고
낮게
더 낮게, 병실은
환자의 말을 받아내고 있다

성긴 모공들마다 담배 내음이 밴 예순여덟 살 남자 환자
날숨을 타고서 흘러내리는 그의 말은 차갑다
어려운 글자들로 가득한 하얀색 가운이 의자에 앉자
말들은 차트를 앞에 두고 제자리를 찾기 위해 발버둥치고 있
다

연이은 사업 실패로 떠나보낸 아내의 그림자와

지키지 못했던 아이들이 보내온 편지와

늙은 어머니가 삭인 눈물

그들은 모두 걸러지고 말았다

밖에서 묻어온 그을음이 병실과 어울려

누지게 익어가고

안으로 연명해온 말들은 한 방울씩 떨어지는 링거액을 따라

천천히 식어간다

모두의 숨소리가 낮아지는 저녁

하얀 베게에는 아직 못 다한 말들이 맺히고 있다

삶은 반쪽으로

장이 열리면 나는 하루도 거르지 않고 그곳에 들러 시퍼렇게
날이 선 칼을 구해오곤 하였다 눈을 뜨면 산란기를 맞은 빛줄기
들이 해변에 나가 옷을 벗는다 나는 아무도 모르는 흉터 안에 그
것을 숨겨놓았다 어린 고래는 한쪽 고환을 잃었다 바다색은 유
독 진했다 왼쪽에서 이는 파도가, 거세다 축 늘어진 지느러미는
이따금씩 똬리를 틀었고 등에는 짜디짠 멍이 허물어지지 않은
채 퍼런빛으로 여물어간다 혈전이 풀리지 않아 산호가 되어가
는, 수술대에 오른 유선형의 몸통은 가벼운 흔적으로 남을 다리
를 구겨 넣은 지 오래, 갓 자란 해초 사이로 허연 거품 일며 푸푸
거리는 모습이 영락없는 사춘기 소년이다 주섬주섬 손이 줍는
쓰레기들에 나는 실망하지만 칼을 찾는다 포기하지 않고 기나
긴 관을 이어온 어린 짐승의 숨소리는 지난(至難)한 자리들을 옮
겨 다니며 칼의 시간을 벌어주었을 뿐인데 더 이상 들리지가 않
는다 나는 가차 없이 선을 그어 기울어진 순간을 들어낼 것이다
먼 바다로 흘러가 돌아오지 마라 다시는

미시

유리잔 너머 물방울들이 기어 내려오고 있다

자세히 보면 층을 이룬 안과 밖의 증기들

서로를 끌어대며 부지런히 벽을 도배하는 중이다

한잔 비워낸 사람들 어김없이 오늘도

유리잔 속으로 빠져버렸다

빼곡하게 매달린 액체들이 집안을 넘나드는 층계라면

가본 적 없어 깨끗한 자국도 하나의 가풍(家風)이다

너와 내가 다르다고 흘러들어간 곳

각자의 방에 들고 서로의 잔을 주고받는 곳

비우고 나면 다음 이들에게 허락되어질

서툴게 차오르는 방

위로 아래로 쥐어짜보면

빌붙던 공간 사이 유리창이 으깨지고

낮은 계단 얼어붙은 허공의 틈이 뭔가 흘려낸다면

사람들이 뛰어나와 짜 누를 수도 없이 딱딱해질 것 언젠가

해부

늘 당당하게 문고리를 어루만져왔으나
지하실 문이 열릴 때마다
산목숨들이 죽어나가는 걸
나는 막지 못했다

서로의 성별과 나이를 벗겨낸 그들은
텅 빈 상자 안에 스스로를 욱여넣고
어둠을 반주로
적막하게 울리는 연주를 준비했을 것이다

내 손이 주워온 이 칼은
사지가 잘려나간 지휘봉이다
허공을 떼어내는 소매의 몸짓은
혈류가 누벼온 어제의 음계를 그대로 따른 것뿐이다

썩어가는 한 구 뼈마디에서
한데 모인 붉은 체온이 길어 올리는 물소리를 들었다
저마다 다른 높이에서 끄집어낸 음표들처럼

중심으로부터 조금씩 멀어져가는

연주를 끝내지 못한 육체들이 나의 지휘를 기다리고 있는
여기는 실습실이 아닐지도 모른다
지친 나는 겨우 방문을 닫고 돌아와
한 구의 그림자 위에 눕는다

이 아름다운 봄날에 문득 눈시울이 뜨거워진다면
흑백사진 같은 슬픈 회상이 떠올랐기 때문일 것이다.

어느 미술가를 생각하며

필내음

김 욱 중

공주 김욱중정신과 원장

삶

죽으면 모든 게 끝일 거라는 것은

나만의 생각일 것이다

아버지는 할아버지 할머니 묘를 걱정하시고

나는 속으로 사람 사는 일을 생각한다

군용지가 되어버린 선산에 묻히신

할아버지 할머니는 지금은 뼈뿐이실 텐데

결국엔 어디서든 산과 함께 무너지고 말 텐데

아버지는 그분들이 뼈로 살고 계신 듯이

이산에서 저산으로 이사해드릴 궁리이시다

사실은 나도 모른다

우리가 불어가면 끝나는 데가 어딘지

그게 바람 멈추듯 간단하지 않아서

나는 흐르는 것들만 무염(無厭)하게 들여다볼 뿐

사과

저 탄탄히 여며진 과육을 좀 봐

스무 살에 그리워했던 매무새 단정한 숙녀가

이렇게 조용히 가을의 상자에 담겨

사과인 듯 내 마음에 다가올 수 있을까

어느 미술가를 생각하며

옛날 살던 마을에 깊은 우물이 있었다. 작고 동그란 하늘 가운데 한껏 몸을 기울여 작은 얼굴이 제 얼굴의 어둠을 들여다보았다. 사람도 빠져 죽었다는 그 조그만 수면이 무심한 잔인함을 뽐내었다.

그녀가 말했다. 잠이 안 와요. 하지만 내가 이상해 보이면 이 약을 끊어주세요. 사촌언니는 잠자듯 평온한 모습으로 반듯이 누워 있더군요. 궁금했어요. 약을 어디서 구했을까? 문득 혼자 있고 싶을 때 죽음을 생각하지요. 다른 생애를 원하는 건 아니에요. 죽음은 그걸로 끝이라고 생각해요.

눈물 없이 그녀는 삶의 얽힘과 헤어짐을 이야기하고 떠났다. 그 뒤 나는 간간이 그녀 생각을 한다. 그럴 때 깊은 우물이 내 가슴에 떠올라 나를 올려다본다. 나는 그녀가 그리거나 만들었을 작품을 생각한다. 어디선가 그 작품을 만나면 가만히 다가가 그녀를 본 듯 말을 걸어보게 될 것 같다. 지금의 삶은 어때요? 하고.

필내음

권주원

1986년 졸업

논산 권내과 원장

kjw1475@hanmail.net

안성맞춤

원님 덕에 나발 분다고
초파일에 청량정에 초대받았다
사돈 간에 회포 푸는 콘서트 자리라는데
중매 잘하면 술이 석 잔이라지만
중매의 남편으로 언감생심인데
바늘 가는 데 실 따라가듯 동행했다.

유성에서 고속도로 타고 진천을 거쳐
호숫길 따라 굽이굽이 옥정재를 넘어
어느덧 경기 안성 금광으로 들어간다
앞은 드넓은 금광호수와 계단식 논이요
송화가루 날리는 뒷산에 안긴 아담한
전원주택은 꾀꼴, 뻐꾹 소리로 가득하다

마당엔 5월의 각종 꽃들이 만발 피었고
한쪽에 각양 채소들이 푸성푸성한데
또 곁에 원래 집주인으로 사셨던 조목사님
묘지석이 편안히 누워 일광욕 중이시네
삼송 아래 나무식탁에 둘러앉아 점심을 먹는데
부부금실이 오래간다는 정구지 하도 싱싱하니
길앞잡이, 하늘소, 풍뎅이도 다 날아든다

오후 시간 색소폰 박 선생님, 기타 정 교수님
둘의 하모니는 사돈지간이 아니라 형제 같고
오십 년 이상 오랜 친구처럼 다정해 보였다
신혼부부 진우와 혜리는 천생연분이라
뚜엣 소리에 꾀꼴 뻐꾹이 잠잠히 듣고만 있네
노랫가락은 끊일 듯 잇고 이어지는데……

해질 무렵 방문한 천연염색집에서
옷감을 고르는 세 여인의 웃음소리가
어느새 쪽빛으로 물들어가는데
혼자 뜰을 거닐며 꽃 사진들 찍을 때
새 떼들 어서 집에 돌아오라 애원하는데
새호리기는 사람도 홀릴 듯이 흐느낀다

밤 깊어 청량정을 떠나는 시각
별들은 금니 미소로 천연히 배웅해주는데
청개구리들 제창으로 작별 노래를 부른다
신선놀음에 도끼자루는 썩고 있다고
정구지 넘 먹으면 아침에 못 일어난다고
전원콘서트는 여기가 안성맞춤이라고……

임 정 혁

대전 월평동 이기수의원 원장

대전역에서

고속열차를 타고 유년시절로 돌아간다. 향일성의 식물이 태양빛을 갈망하듯이 그리움이 많았던 어린 시절이 있었다. 결핵을 앓던 나의 어머니는 안색이나 외모가 이웃집 아이들의 엄마하고는 달랐는데, 큰 키에 창백한 얼굴로 종일 누워 있는 날이 많았다. 병원에라도 가는 날이면 한복에 양산을 쓰곤 했었던 것 같은데 상당한 미모였던 터라 사람들 이목을 끌었다. 그러나 나는 여느 아이들 엄마같이 그을린 피부에 억세면서 기운찬 엄마가 참으로 부러웠다. 밖에서 놀다가 엄마 하고 들어가면, 엄마 기침해서 아프다 이리와라 하던 사람은 거의 외할머니와 예전 말로 하면 식모였다. 병약했던 딸에게서 아이를 덜어보고자, 혹은 병을 피하려 했는지 할머니는 주기적으로 나를 외가로 데리고 가셨다. 내가 살던 곳은 충남 강경이었고 외가는 경북 의성에서도 한참 들어가 구한말 분위기가 완연한 봉건적인 산골이었다. 사십칠 년 전에 이 여정은 새벽에 집을 나서면 밤이 이슥

해서야 도착하는 지난한 길이었다. 할머니의 주기적인 행보는 외가의 농사 때문인데, 요즘 같은 봄이면 갔다가 농한기로 접어드는 늦가을이 되면 돌아오는 식이었다. 일곱 살이었던 나는 여기도 싫고, 저기도 싫었다. 돌이켜보니 어딘가에 진정한 가족이 있을 것만 같다는 심경이었을까.

그날도 동이 트기 전에 강경역에서 기차에 올랐다. 전날 어머니가 당부하신 게 떠올랐다. 혹시 엄마가 죽더라도 너무 슬퍼하지 말고 잘 자라야한다. 엄마가 죽으면 새엄마랑 살게 될 텐데 새엄마 말 잘 들어야 한다. 그래야 구박받지 않는다라고.

이미 처음 들어보는 내용이 아니었기에 서러움도 안 느끼고 응하고 대답했었다. 나는 조금 있으면 엄마가 죽겠구나 하는 생각과, 새엄마를 부를 때는 엄마가 아니라 항상 새엄마라 불러야 하냐고 할머니에게 물어봤다. 할머니는 벚꽃 잎이 흩날리는 창밖만 내다보며 낙화 시절에 우봉군이라 하는 말만 한숨 섞어 되풀이하셨다. 대전역에 도착했다. 이런저런 보따리를 들고 할머니가 뒤에서, 나는 종이상자에든 정종을 소중하게 들고 앞에서 걸어갔다. 당시 대전역은 역사내 지하도로 건너서 열차를 타게 되는 구조였다. 종종걸음으로 사람들을 따라가는데 갑자기 술병을 든 손의 무게가 가벼워지더니 퍽소리가 났다. 어설픈 종이 상자 밑이 빠져서 술병이 바닥에 부딪혀 깨졌다. 빈곤했던 시절 그 술은 할아버지를 위해 어머니가 보내는 큰 선물이었다. 당황한 할머니는 보따리를 내려놓고 앉아 큰 조각들은 수습하더니 남은 술을 마시기 시작하는 것이 아닌가. 백색 타일로 덮힌 지하도에 술 냄새가 자욱하고 사람들이 에워쌌다. 그 광경을 본 나의 심정은 뒤죽박죽이 되어버렸고, 할머니를 부르며 울부짖었던 기억이 난다.

훗날 낙화 시절 우봉군이 두보의 시구라는 것도, 세상의 이치도 알게 되었다. 무상하게 폐를 앓던 젊은 날의 어머니, 조선시대 삶을 살았던 할머니, 이제는 모두 저 세월 속의 사람들이 되고 말았다. 이 아름다운 봄날에 문득 눈시울이 뜨거워진다면 흑백사진 같은 슬픈 회상이 떠올랐기 때문일 것이다.

허 동 식

대전 둔산동 세우리병원 마취통증의학과

나의 소장품

아끼는 물건이 내게 두어 개 있다.

하나는 우산이고 하나는 볼펜이다.

우산은 2005년인가에 유성컨트리클럽에서 산 아마추어 전국 대회 기념 우산이다.

기억에 오만 원 주고 산 듯하다 올해가 2013년이니 햇수로 9년 됐다 아직 쓸 만하다 여름 장마철이 되어서 어제 오늘 펼쳐보았다.

병원에 한 개 예비로 놓은 것도 있고 차를 몰고 오지 않을 때에 가지고 다니기 편한 접는 양산 같은 우산을 요즘은 즐겨 쓰지만 예의 우산은 내 차 트렁크에서—잃어버리지만 않는다면—오년은 족히 나의 벗이 될 것이다.

볼펜도 5년은 가지고 있는 듯하다 근처 갤러리아백화점에서 산 스위스아미 로고가 있는 은색 제품이다 당시에 만년필도 하나 장만했었는데 얼마 쓰지 못하고 잃어버렸다 볼펜도 가지고 다니다가 여러 번 찾기를 하다가 이제 병원에 놓고 쓴다.

심을 갈아 쓰면 역시 수년을 더 쓸 수 있겠다.

살 때는 좀 비싼 듯해도 오래 아끼고 다정히 지낼 수 있어서 일부 사람들이 명품을 좋아하는 듯도 하다 나도 이런 물건을 몇 개 더 가져볼 생각을 가만히 해본다.

필내음

오 연 옥

경북 영덕읍 행복한연합의원 원장

고래불에서

첫사랑을 만나러 가는 길은 언제나 설레였던 기억을 모두가 갖고 있다.

예고없이 내리는 비오는 날에 안 좋은 시력을 모아서 초행 길을 조심히 달려간다. 풍랑주의보로 배가 묶이고 흙빛 바다는 빗물섞인 바람으로 내 얼굴을 어지럽게 어루만지며 '어서 와……' 인사를 건넨다.

이 곳으로 온 지 일 년이 되어가지만 난데없이 불어오는 바람에 익숙하지가 않다.

어찌할 꼬.

그는 거짓말처럼 내 앞에 서 있고, 수년을 엇갈렸지만 중요한 것은 지금 숨쉬는 얼굴로 나와 마주하고 있다는 사실이다.

그의 체취를 따라 그의 음성을 따라 그의 손짓을 따라 여기까지 왔구나 지구의 두 바퀴 반을 돌아서 여기까지 왔구나

내가 선택했다고는 하지만 지극히 나에게 맞지 않은 의대 생

활과 부끄러운 의사 생활이 그를 멀리하게 되었다고 변명해본다.

나의 짧은 시간들이 모두 헛되어 보이는 것은 그동안의 고비들을 무사히 헤쳐나온 승리자로 그가 너무 큰 산이 되어 있기 때문이다.

예전 집채만 한 고래가 물줄기을 뿜으며 유유히 노닐던 그 바다에서 지금 나는 간절히 희망한다.

필내음

김 대 겸

대전 성남동 효촌푸른의원 원장

기침이 하는 말들

며느리 기척에 뒷간 속 시아버지는 그저 기침만을……. '내가 먼저 왔네.'

어르신이 장지문 앞에서 다시 기침을……. '지금 들어가네.'

춘향이 집에 처음 간 이 도령이 방에 앉아 헛기침을……. '참, 멋쩍구만.'

엄숙한 제례 중 한번 시작한 기침을 다들 따라서 하듯 이쪽저 쪽에서 연발한다.

대갓집 문 앞에 선 허름한 선비의 자존심. "에헴! 이리 오너 라."

시골 선비의 몰골을 훑어본 대감님의 위엄. "에헴! 무슨 일인 가?"

난감한 청탁을 듣던 대감님은 기침만 연방 에헴! 에헴!

발가벗겨진 채 전시되고 있는 주검, 계룡산 학봉장군도 지독 한 해소로 죽었다 한다. 목이 마르면 더 심해지는 기침. 토 낼 듯

연거푼 기침에 몸이 다 마를 지경이다.

장기 두던 복덕방 영감님 포(包) 치며 기침을……. '못 빠져 나갈걸?'

한참 뜸들이던 건너편 영감님은 졸(卒) 밀며 기침을……. '맘대로 하게나.'

닭도 참말 기침을 하던가? 양계장에서 기침 비스무리가 난다. 닭이 독감에 걸렸을까 주인은 노심초사.

그칠 줄 모르는 아이의 항아리 기침에 엄마는 밤새 속을 태운다. 황사가 찾아온 그 마을에 당나귀 기침은 동네의사의 단골 환자다.

폐병에 걸려 짧은 생을 마감하는 카프카의 마지막 기침은 진한 아쉬움.

존 케이지의 무음곡(無音曲) 〈4분33초〉에 나온 기침은 아마도 불협화음.

1987년도 온 시내에 뿌려진 최루탄에 모든 사람들이 쿨럭쿨럭! 세상이 바뀔 때도 기침은 빠지지 않는다.

연자가 마이크를 꽉 잡더니 갑자기 쿨럭! '아! 떨린다.'

신부님 경건한 말씀 중 자꾸 나오는 내 기침은 천덕꾸러기.

누군가에게 점잖게 주의를 줄 때, 당황스러워 '난감하군.'이라는 말 대신, 혹은 '그만하시오.'라며 상대를 끊고 싶을 때 기침은 요긴하게 쓰인다. 기침은 멋들어짐이며 야유이기도하는…… 짧은 그가 주는 뜻은 매우 다양하다.

수술로 배가 커다랗게 갈라진 환자에게 주치의는 모질어진다. "기침 하세요. 기침! 더 세게!" 수술 다음 날 아침, 환자의 등을 사정없이 두드리는 의사, 그리고 배가 아파 만사가 귀찮을 수술환자. '컥!' 하고 기침을 힘겹게 내뱉는다. 그제야 수술중 인공호흡기가 꽂혀 쪼그라들었던 폐가 잘 펴지기 시작한다. 환자는 마취 때문에 생길 수 있던 폐렴을 넘어선다. 기침은 다시 살기 위한 첫 숨이다.

가족을 위해 반평생 막장에서 보낸 진폐증 환자의 기침은 남몰래 감춰야 했던 가장의 가슴앓이. 노인의 엑스레이 사진에선 그 뿌연 석탄가루가 폐 가슴에 박혀 있다. 마치 훈장처럼.

기침이 그렇게 말을 전해준다.

건너방에서 들리는 깊은 기침 소리. 아버지의 기침 소리가 힘에 겹게 들린다. 오늘도 아버지는 잠을 못 이루시는가보다.

언제부턴가 오랜 해수는 아버지를 괴롭혀왔다. 전에 앓았던 폐병의 후유증일 거라 생각을 했었다. 대학병원으로 가서 본 기관지에는 붉은 혹 덩어리가 자리 잡고 있었다. 큰 병이 아닐 거라 믿고 싶었지만 아버지의 오랜 기침은 결국 폐암 때문이었다.

암 선고를 받았을 때 아버지는 덤덤하셨다. 늘 그랬던 것처럼 아픈 속내를 내보이지 않으셨다. 어렴풋 들었던 아버지의 어린 시절이 떠올랐다.

아버지는 중학교를 다니다 말고 학업을 그만두었다. 가난한 형편에 할머니까지 심한 천식을 앓고 있었다. 병든 어머니와 어린 동생들을 위해 아버지는 친구들이 다니는 중학교에서 급사를 하며 돈을 벌어야 했다. 추위 속을 뛰어다니던 어린 가장이 내뱉었을 기침은 냉이 받쳐 오르는 한숨이었을 것이다. 할머니는 숨이 차면 큰 아들을 찾았다. 동전을 몇 개 들고 약방으로 달려가던 어린 아버지였다. 제대로 된 치료라고는 받아본 적이 없었다. 할머니는 어린 자식들을 남겨두고 심한 기침 속에 눈을 감아야 했다.

가슴 아린 천식은 대물림 되어 삼촌에게도 이어졌다. 폐렴까지 걸린 삼촌은 그 기침에 쓰러졌다. 숨을 잘 쉬지도 못했다. 산소를 받지 못하는 뇌는 죽어가고 있었다. 인공호흡기로 삼촌의 생명을 겨우 잡고 있을 뿐, 살아날 가망은 점점 멀어졌다. 의료보험조차 제대로 되지 않던 시절이었다. 가장인 아버지는 아픈 결정을 내려야만 했다. 인공호흡기를 떼고 동생을 집으로 데려가기로 했다. 또 다시 가난 때문이었다. 아버지에게 기침은 어머니와 동생을 떠나보낸 농 짙은 미련이었다.

아버지 가슴에 그 기침이 숨 가쁘게 찢어 터진다. 못된 응어리가 가래처럼 녹아 나올 수 있다면 좋으련만……

아버지는 아무런 말이 없으시고, 건너방에서는 아버지 기침 소리만 밤늦도록 깊어간다.

'필내음'과
생명 중심의 시학

'필내음'과 생명 중심의 시학

송 기 한(문학평론가)

1. 동인지와 '필내음' 동인의 시

동인지의 의의는 여러 가지 측면에서 지적할 수 있으나 그 가운데 가장 중요한 것은 비슷한 성향의 시인들이나 동일한 직업군의 사람들이 모여서 자신의 경험담을 시로 승화시키는 일이다. 뿐만 아니라 동일한 문학관을 가진 시인들이 자신의 시세계를 집중적으로 표현함으로써 문단의 주류로 우뚝 서는 선도적 역할도 그것이 갖는 의의라 할 것이다. 가령, 과거 한국 근대시사를 이끌었던 구인회라든가 시문학파, 생명파, 청록파 등등이 그 대표적인 본보기들이다. 또한 동인회의 활동은 발표 지면의 부족 현상을 메울 수 있는 좋은 대안이기도 하다. 여러 동인들에게 골고루 작품 활동의 기회가 주어짐으로써 문단 활동을 수월케 하는 긍정적인 역할을 하고 있는 것이다.

'필내음'은 우리 문단에서 보기 드문 전문가 집단의 시인 그룹 동인회이다. 이들은 모두 의사 출신이라는 직업군을 갖는다. 지금 여기 한국 문단에서 이렇게 특정 직업을 소유한 집단이 모여서 동일한 체험과 시세계를 가지고 서정시를 창작하는 사례는 매우 드물다. 따라서 이러한 사실만으로도 이 동인회의 일차적 의의를 찾을 수 있을 것이다.

그리고 이들 시인들은 어떤 특이한 사조나 사상을 표면적으로 내세우지 않는다는 것이다. 가령, 형식적인 국면에 초점을 둔 해체시의 형식이나 어떤 특정 사상을 추구하는 편내용주의의 경향을 이들의 작품에서는 찾아보기 힘든 것이다. 곧 내용과 형식 모두에서 이들의 시세계는 특정한 지향점을 추구하지 않는데, 그렇다고 동인들의 작품 세계가 그저 그런 형식이나 내용만을 가지고 작품화하지도 않는다. 이들도 그 나름의 독특한 문학 경향을 갖고 있다. 이들 시인에게는 다른 어떤 집단에서 쉽게 찾아볼 수 없는 독특한 의장들이 드러나는데, 이를 두고 생명성의 시학으로 규정하고 싶다.

이들에게 표명되는 생명성이라든가 인간성의 문제는 이 시대의 화두라고 할 수 있을 만큼 매우 중요한 부분을 담당하고 있다. 이들에게서 이런 지향성이 드러나는 것은 이 동인들의 성향과 무관하지 않다고 하겠다. '필내음' 동인들은 모두 의사 출신의 시인이다. 의사란 무엇인가. 생명의 경외성을 앞에 두고 어떤 타협도 하지 않는 인간주의주자들이 아니겠는가. 이런 성향에서 볼 수 있듯이 이들 시에서 드러나는 주요 특징들을 살펴보면 모두 인간중심주의, 생명중심주의의 사상을 엿볼 수가 있다. 뿐만 아니라 이들 작품들에서는 일상의 사소한 현상이나 자연의 법칙 속에서도 그 저변에는 그러한 사상들이 알게 모르게 깔려 있음을 보게 된다.

따라서 '필내음' 동인들이 지향하는 시세계는 인간 중심의 시학

혹은 생명 중심의 시학이라고 명명해도 크게 틀린 것 같지는 않다. 이들 시인들이 추구한 이러한 정언명령을 초지일관해서 추진해 나아갈 때, 한국 현대시사에서 전문가 집단만이 할 수 있는, 생명중심주의라는 큰 획을 만들어낼 것을 믿어 의심치 않는다.

2. 개별 시인들의 작품론

> 삼남으로 가는 관문이며
> 서울로 가는 등용문
> 신발에 끌려온 이력과
> 신발을 끌고 온 편력
> 여기 내려놓는다
>
> 옥신각신 발바닥에 새긴 펜혹 같은 티눈
> 까치발로 까치발로 살아온 역마살이다
>
> ─송세헌, 「대전역 구두병원」

삶이란 정처없는 것이다. 그럼에도 일정 정도의 시간이 되면 그런 흔들림을 정주시켜야 할 순간이 온다. 인생에 대한 뼈저린 성찰의 시간이 그러한데, 이러한 행위는 보통 삶의 정점에 해당하는 회갑 전후의 시기에 많이 이루어진다. 시인이 꼭 그러한 때가 되었다. 그리하여 그 자신이 반추한 삶이란 구두와 같은 것임을 인식하기에 이른다. 인생을 구두에 비유한 것은 매우 참신한 것이거니와 그러한 인생의 때를 벗기기 위한 인식소를 구두병원으로 설정한 것도 매우 이채로운 경우이다.

　이 작품은 일상의 힘에 의해 짓눌린 삶의 흔적을 '펜혹 같은 티눈'으로, 곡마단의 줄타기와도 같았던 인생을 '까치발'의 상상력으로 풀어냄으로써 인생이 결코 녹녹한 것이 아니었음을 감각적으로 일러주고 있다. 지나온 삶을 발바닥에 켜켜이 묻은 인생의 때로 되살려냄으로써 이를 성찰해보고, 그 의미를 서정의 폭과 깊이를 통해 더욱 심화시킨 것이 이 작품이 갖는 매력이라 할 수 있을 것이다.

　　　높이, 더 높이
　　　넓게, 넓게 더 넓게
　　　하늘은 끝이 없는 거야
　　　그 너머로 내가 있었지

　　　고요와 적막은 외롭지 않아
　　　해질녘 초승달은 희미해지면
　　　어깨 너머 샛별과
　　　긴 이야기, 먼 옛날 밤새 하던
　　　어두워지는 밤이었지

　　　이제 동무들은 없고
　　　달은, 별은 엊그제 지고 또 어제 져도
　　　연(鳶)은
　　　홀로 산을 넘고 바다 건너 마냥 간다

붉게 타오르는 수미산 등어리에
한 점 먼지가 되어 사라질 때까지
인연은 애련이 되어
끊으면 괴롭고 묶으면 아프고 가련한 것

끊어라
정월 보름달 연줄을 끊듯
속이고 뽐낸 찰라들은
한 점 새가 되어 날아가려니
붉게 타오르는 서쪽으로

— 김옥년, 「연(鳶) 3」

연은 새와 더불어 비상의 이미지를 대표하는 상관물이다. 그것
은 무한히 날고자 하는 속성을 지니고 있지만, 그러나 그런 자유
의지는 그것에 얽매여 있는 끈이라는 그물 때문에 쉽게 좌절하기
도 한다. 곧 비상성과 구속성이 팽팽한 긴장 관계를 이루면서 연
의 의미망을 형성하고 있는 것이 이 작품의 매력이다. 시인은 그
러한 연의 속성을 인생의 그것과 유비시키고 있는데, 자유와 구
속의 점이지대에서 방황하는 연이야말로 삶의 모순과 비슷하다는
것이다. "인연이란 애련인데", 이 오욕칠정의 질긴 끈들은 쉽게
무화되지 않는다. "끊으면 괴롭고 묶으면 아프고 가련한 것"이기
때문이다.

실상 이런 긴장 관계로부터 벗어나는 것이 인생의 가장 큰 목적
이겠지만, 그러나 그것은 어디까지 신성의 영역에서만 가능할 뿐

이다. 그럼에도 인간은 이를 향한 도정을 멈추어서는 안 된다. 그리하여 그것이 선험적 거리로 닫혀있다고 해도 이에 좌절하지 않고 끊임없이 나아가서 도전해야 하는 것, 그것이 인간의 슬픈 운명이다. 이 작품은 그러한 운명을 연이라는 매개를 통해서 적절히 풀어냈다는 점에서 매우 의미있는 작품이라 하겠다.

> 뒤척이는 밤 파도
> 화폭에 잠재우고 나면
>
> 배경이 외로운 꽃 속에
> 접어둔 가을―
>
> 떠날 사람 떠나고
> 추억 한 점
> 눈물로 남는데
>
> 시인과 화가를 꿈꾸었던
> 그대와 나―
>
> 바람 같은
> 시간의 숲을 지나
> 지금 여기 머물러
> 정박 중―
>
> ― 조석현, 「송인헌전 ―추억이 있는 풍경」

예술의 특성 가운데 하나는 상상력의 작용이다. 상상력은 체험과 반대되는 것이면서 또 겹치는 정서이기도 하다. 특히 상상력을 유발하는 그 간접 체험이야말로 이를 촉진시키는 주요한 의장이 될 것이다. 조석현의 이 작품은 풍경화를 통해서 얻은 상상력을 기반으로 하고 있는 시이다. 시인은 화가의 그림 속에서 추억을 자맥질하고 이를 통해 자신의 체험이랄까 경험을 오버랩시킨다.

물론 이런 정서적 행위가 그림을 통해서 추동된 것임은 의심할 여지가 없다고 하겠다. 시인은 풍경화 속에서 인생의 참 의미를 되새긴다. 그림이란 공간적 특성을, 인간의 삶은 시간적 속성을 갖는다. 그럼에도 인간의 흔적인 추억은 과거 속에서만 존재한다. 따라서 그것은 무시간성이며, 또 다른 공간화의 양식이라 할 수 있다. 시인은 그림이라는 공간성을, 추억이라는 공간성에 덧씌움으로써 지나온 흔적을 반추하고 이를 다시 현재화시키는 수법을 보여주고 있다. 삶이란 회억의 공간이며, 인간은 그런 추억을 되새기며, 삶을 반추하는 존재라는 것이다.

사람들은 이제 모두 나비가 되려나보다

나뭇가지처럼 뻗은 골목 구석구석
회가 마련되고, 그 위에 다닥다닥

고치 같은 방마다
고단한 몸을 겨우 들여놓고
비상의 긴 꿈을 꾼다

몇 잠을 더 자야만 나비가 되려는지

원룸 세놓습니다

그 속에서 부화되어 나간 나비는
지금 어디로 날아갔을까?

— 김승기, 「방」

　방은 이곳과 저곳을 차단하는 벽으로, 세상과의 단절을 의미하는 폐쇄적인 공간으로 의미화된다. 그러나 방은 그런 폐쇄성뿐만 아니라 잉태의 공간, 생명의 공간이라는 측면에서 모성적인 상상력으로 풀이하기도 한다. 김승기 시인이 이 작품에서 말하고자 하는 방은 후자에 가까운 것이다. 그는 이곳을 생명의 공간이나 성숙의 공간, 혹은 변신의 공간으로 인식한다.

　그리고 이 방에서 새로운 존재의 전환을 이루고자 하는 주체를 나비로 구상화한다. 방이 존재의 전이를 매개한다는 점에서 보면, 이런 비유법은 매우 참신한 것이 아닐 수 없다. 그리고 그 변화의 궁극을 나비로 형상화한 것도 매우 적절한 의장으로 보인다. 나비야말로 갇힌 방에서 벗어나 새로운 지대로 날아갈 수 있는, 비상의 이미지를 표명하는 가장 적절한 매개이기 때문이다.

어제 현충일
하루종일 못 떼우느라
허리는 끊어지고

머리가 쪼개지게 아파서
농사 못해 먹겠다는
갓 귀농한 여인에게
주사 찌르는데

학장 시절 모내기
몇 차례 못질에 몸살
못 박기는 진땀 나고 피 보는 일

평생 논밭에 살다 가신
아버지 어머니 생각나

청청 하늘을 바라보다
감히 신의 손바닥 그려보는

— 권주원, 「못 3」

권주원의 「못 3」은 효도를 주제로 삼고 있다. 실상 효의 근본 의미
가 무엇이고, 그 실천이 어떤 경로를 통해 이루어지는가에 대해서
올바른 정답을 내리기는 쉬운 일이 아닐 것이다. 그것은 다양한 방
식과 태도, 의식으로 실천될 수 모양새를 취하고 있기 때문이다. 시
인은 그것에 이르는 도정을 색다른 체험을 통해서 일궈내는 서정의
힘을 보여주고 있다. 가령 요즈음 유행 비슷한 무엇이 되어버린 귀
농의 과정 속에서 이를 읽어내고 있기 때문이다.

귀농은 도시 생활의 피로와 은퇴 생활의 여유라는 낭만적 동기

에서 이루어지고 있지만, 현실은 생각만큼 그리 만만한 것이 아니다. 전혀 체험해보지 못한 육체적 노동과 정신적 고통이 이 과정 속에 수반되어 나타나기 때문이다.

시인은 이들의 귀농과 그 육체적 고통 속에서 부모의 생을 추억한다. 그들의 지난한 삶을 통해서 자신의 부모가 겪었을 동일한 체험을 현재화시키고 있다. 그러한 과정 속에서 자식에 대한 그들의 사랑, 그에 따른 부모 사랑을 떠올리면서 효의 현재적 의미를 반추하고 있는 것이다.

하필 그날이다.

아직
생 살 잎사귀 툭툭 꺾어내는
가을비 내리는 날.

속옷 틈으로 스미는 빗물
허허롭다.

남은 것이 언제인가?
또 하나
뚝 꺾어내는 그날.

비 오는
시월의 날.

— 이정구, 「하필」

이 작품을 지배하는 기본 정서는 우연의 감각이다. 시인은 비가 오는 날 갑자기 생살 잎사귀가 무참히 꺾이는 것을 보게 된다. 그리고는 자신의 옷 틈으로 스며드는 빗물 또한 보게 된다. 비가 오는 것도 그러하지만, 그러한 비를 맞고 생살 잎사귀 툭툭 꺾어내는 가을비 또한 우연적인 상황에 기대고 있다.

늘상 있어온 자연의 법칙임에도 불구하고 그것이 지금 이 시간에는 우연의 어떤 것으로 감각되는 것은 무슨 이유에서일까. 역사나 사회, 혹은 사건 등은 대개 필연 속에서 이루어지는 것이 대부분의 경우이다. 그럼에도 우연에 의해서 수많은 경우의 수들이 생길 수 있다는 사실 또한 무시할 수 없는 것이 현실이다. 시인이 의도하는 것은 아마 후자의 감각일 것이다. 따라서 이 시는 우리 주변에서 흔히 볼 수 있는 우연의 사건을 통해서 인생의 의미, 우주의 법칙을 읽어내고 있다는 점에서 의미있는 작품이라 하겠다.

들여다본다
가만히
너의 눈으로 나를 본다

귀 기울인다
조용히
너의 귀로 나를 듣는다

이렇게
마주 서

나의 눈으론 보이지 않는

나를 본다

나의 귀로는 들리지 않는

나를 듣는다

— 김명수, 「거울 2」

한국 근대시사에서 일찍이 거울의 상상력을 통해 자아를 인식한 경우로 이상을 꼽을 수 있다. 그는 서로 화해 불가능한 자아들의 대결을 통해서 존재의 의미를 탐색하고자 한 최초의 시인이다. 김명수 시인의 경우도 거울을 매개로 자아를 탐구하고 있다는 점에서 이상의 그것과 매우 닮아 있다.

그러나 이상이 현실적 자아와 이상적 자아 사이에 놓인 간격에 대해 주목했다면, 김명수 시인은 그보다는 대화에 주목하고 있는 경우이다. 그는 대결이 아니라 화해 내지는 모색의 과정에서 이 두 자아 사이의 관계를 모색하고 있는 것이다. 이른바 대타의식에 의한 자아 찾기가 그것인데, 이런 응시법이야말로 존재의 의미를 모색하고, 규정하는 데 있어서 가장 적절한 의미법이 아닐까 한다. 대상이란 양극단에 놓인 시야에 의해서만 정확한 응시와 이해가 가능하기 때문이다.

상가가 철시한다고
다 떠나는 것은 아니다
점포 앞 좌판 노인은

간간히 등을 기대

떠나지 않은 먼지들을 위로 한다

감사함에 보답하듯

먼지들은 노인의 머리 위에 앉아

세월을 낚고

굳게 닫힌 문 사이로 오늘은

바람이 분다

나사 풀린 의자와 금 간 진열장

그 사이 작은 햇살 하나가 통화를 한다

쉽게 떠나지 않고 자리를 지키는 것이

부족한 사람들만의 몫은 아니라고

아주 작게 하얗게

소곤거리고 있다

— 박권수, 「점포정리」

　　박권수의 「점포정리」는 아름다운 시이다. 이런 감각은 물리적인
사실보다는 정신적인 아우라 속에서 형성된 것이다. 그의 아름다
움은 정신의 영역에 놓여 있는데, 그가 이런 상상력을 하게 된 동
기는 일상의 작은 사실에서이다. 점포정리란 처연함이 전제되지
않고서는 성립하지 않는 행위이다. 거기에는 무언가 흥하지 못한
결핍의 정서가 그 밑바닥에 깔려 있기 때문이다. 그렇기에 점포정
리의 입간판이 붙은 공간에 발을 들여놓을 때, 싼값에 물건을 살
수 있다는 정서보다는 안타까움이나 서러움의 정서가 먼저 스며들

기 마련이다.

그런데도 시인의 상상력은 그런 부족함이라든가 아픈 상처에 놓이지 않고 이를 적극적, 긍정적 정서로 바꿔 놓는 데 그 강점이 있는 경우이다. 마치 폐허 속에서 피어난 아름다운 꽃처럼 따뜻한 햇살이 전해오는 부드러운 속삭임이 이 아픔을 어루만지고 있는 것이다. 세세한 항목들에 주목하면서도 이들에 가두어두지 않고 이를 반전의 아름다움으로 전화시키는 것, 그것이 이 작품의 매력일 것이다.

> 어느 날 갑자기 솟아오른 너는
> 족보에도 없는 사생아
>
> 살아가는 것이 힘겨워
> 굴곡진 모습이 아닐까
>
> 긴 하루에
> 말라비틀어진 꽃망울처럼
> 구겨진 네 모습
>
> 아픔을 안고 살아가기엔
> 너무나 먼 길
>
> 너와 내가
> 하나가 되어
> 웃음 지을 때

창밖의 하늘은 한없이 맑다

— 김기범, 「치질(痔疾)」

　인간의 신체에서 불필요한 부분 가운데 하나가 치질이다. 그것은 질병이면서도 또 아닌 듯한 이중적 성격을 갖는다. 인간을 하나의 완벽한 유기체라고 한다면, 치질은 분명 필요 없는 부분이다. 그렇기에 그것은 "어느 날 갑자기 솟아오른 족보에도 없는 사생아"가 되는 것이다. 족보라든가 사생아라고 하는 것은 일탈의 감각 없이는 성립 불가능한 것이다. 그럼에도 그것은 엄연히 신체의 일부이기에 도외시하거나 배제되지 않는다. 문제는 그런 일탈의 감각을 어떻게 감싸 안아서 신체의 일부, 혹은 자신의 일부로 만들어야 하는 데 있을 것이다. 뿐만 아니라 이런 상상력을 신체 너머의 지대까지 확대하게 되면, 사회의 영역으로까지 확대시킬 수도 있을 것이다.

　사회라면 응당 존재할 수밖에 없는 이질적 요인들이 그것인데, 만약 이러한 이질성을 동질화의 영역으로 전이시키지 못한다면, 갈등이라든가 분쟁, 경우에 따라서는 폭력이나 전쟁 같은 위악적 결과도 피할 수가 없을 것이다. 그러므로 이런 이질성들도 하나의 영역으로 포섭되어 동질화의 길로 나아가야 한다. 시인이 치질이라는 이질적 신체와의 조응과 만남을 원망하는 것은 이 때문이라 할 수 있다. 사소한 일상의 현실에서 사회라는 보편의 영역으로 그 의미망을 확대해서 직조한 것이 이 작품이 갖는 매력이 아닐까 한다.

움직이면 쉬고 싶어진다
조금 앉아 있으면 걷고 싶어진다
잠시 잠깐이면 또 담배가 피고 싶어진다

해가 진다
해가 언제부터 저리 지고 있는데……

침대에서 뒤척이는 것은 지겨운 일,
지칠 때까지 밖에 있다 돌아가야지
지금은 저 집으로 돌아가지만……
낮달이 날 쳐다보고 있다
달은 높이 떠 있다
새 한 마리 겨운 모습으로 날고 있다

또 한 마리 새, 어디로 가는 것이냐
줄지어 나는 새는,
우리들은, 본능을 산다

— 허동식, 「어제」

인간을 규정하고 있는 개념이나 규정들은 여러 가지가 있는데, 그 가운데 대표적인 것을 꼽으라면, 아마도 본능의 영역이 아닐까 한다. 본능이 이성의 반대편에 있는 것이고, 또 계몽이나 합리화와 같은 근대성의 영역이 세력을 확장해오면서 타부시되어온 것도 사실이다. 이성이 제도화되면서 소위 비합리성의 영역들은 근대 사회에서 자리를 잃어버리고 만 것이다. 그러나 근대가 좌절되면서 다시 주목의 대상이 된 것이 역설적이게도 본능이나 무의식의 영역이다. 이성 자체가 의심스러운 것이 됨으로써 이 영역이 인간을 규정하고 역사철학적인 근대의 이념에서 매우 중요한 기제로 자리 잡게 된 것이다.

이 작품이 말하고자 하는 부분도 본능의 자유로운 영역이다. 그것이 정신적인 혹은 육체적인 피로에 국한된 것이라해도 쉼과 자유의 영역을 추구하는 것은 본능의 감각을 떠나서는 성립할 수 없는 것이다. 특히 이 작품은 그러한 본능의 의미를 새의 이미지와 연결시킴으로써 그것의 역능을 매우 효과적으로 풀어낸 작품이라는 점에서 그 의미가 있는 경우이다.

> 하루의 끝이
> 검푸른 밤하늘과 나무의 〈독대(獨對)〉
> 행복한 인생들은 잠들고
> 가여운 인생들은
> 별로 뜨고 달로 뜬다
> 나무가 세상을 대신하여
> 죄(罪)를 묻는다
> 아침을 기다리는 자(者)
> 태양이 맹렬하게
> 저 나무를 태우니,
> 하늘과 하루를
> 정직하게 받아낸 죄(罪)

밤하늘에 나는 서다.

— 안향, 「독대(獨對)」

   이 작품은 인생의 참 의미가 무엇인지를 묻는 사변적 성향의 시이다. 그런데 이런 성격의 시들의 흔히 범할 수 있는 오류 가운데 하나는 내용이 지나치게 건조하다는 데 있다. 그럼에도 불구하고 인용시는 그런 형이상학적 시들이 주는 경직성과는 거리가 있다. 그것은 이 작품이 일상의 진실에서 그런 인생의 의미를 읽어내고 또 이를 잔잔한 서정으로 승화시키고 있기 때문일 것이다.

   이 작품에서 말하는 일상이란 하루라는 자연의 시간이고 또 자연이라는 질서일 것이다. 시인은 나무를 의인화시켜 그러한 일상이 주는 의미, 인생의 의미에 근본 질문을 던지고 있다. "가여운 일생들은/별고 뜨고 달로 뜬다"는 사유가 그러한데, 여기에 담겨 있는 인생의 고뇌야말로 시인이 의도했던 근본 함의가 있을 것이다. 밤하늘에 고고히 서서 사유할 수 있는 존재만이 인생의 의미를 진정으로 읽어낼 수 있기 때문이다.

     이 생이
     편하다면 왜
     그 먼 곳에서
     천국을 찾을까

     어느 삶인들
     여기서 편하지 않듯

나에게

주어진

이 위태로운 사랑을 향해

기꺼운 마음으로

오르고 있다

— 오연옥, 「담쟁이 3」

　인간은 근원적으로 억압된 존재이다. 그러한 억압의 원인이 어디에 있는가 하는 것은 전적으로 인식 주체의 주관에 달려 있을 것이다. 어떻든 인간은 본원적으로 억압된 존재이며, 그러한 유폐된 상태로부터 탈피하기 위하여 지난한 자기 노력을 시도하게 되는 것이 인간의 필연적 숙명이다. 이른바 유토피아지향성이 그것인데, 인용시가 말하고자 하는 것도 여기서 찾아진다.

　시인은 그러한 과정을 담쟁이라는 식물적 상상력을 통해 펼쳐 보이고 있다. 이 식물은 향일지향성이나 상향지향성의 특성을 갖고 있다. 시인의 강조점도 여기에 주어져 있다. 그는 담쟁이의 향일적 속성을 유토피아에의 희구로 승화시키고 있는 것이다. 오른다는 것은 비상의 이미지를 동반한다. 새와 더불어 담쟁이가 이런 이미지를 대유하고 있는데, 작가는 이런 상상력을 통해 존재론적 한계를 초월하고자 하는 강한 의지를 표명하고 있다.

이 세상에 영원한 믿음이 있으니

그것은 오직 당신입니다

언제나 그리고 영원히 함께 있을 당신

절대자에의 경외감도

연인 사이의 달콤함도

느낄 수 없는 당신이기에

나는 무한한 안정과 끝없는 희망을 찾게 됩니다.

당신의 모습은 보이지 않습니다.

당신의 음성도 들리지 않습니다.

그러나 나는 믿습니다.

당신은 영원히 나의 영혼과 함께 있음을

— 최회석, 「믿음」

이 작품의 소재는 믿음이다. 서정시에서 흔히 접할 수 없는 소재를 갖고 만든 작품인데도 불구하고 낯선 느낌이 전혀 들지 않는다. 도대체 이런 친화감일까 친연성은 어디에서 오는 것일까. 뿐만 아니라 시인은 믿음을 "절대자에의 경외감"이나 "연인 사이의 달콤함"보다 더 상위에 두고 있다. 하지만 이는 대단한 역설이 아닐 수 없다. 절대자에의 경외감이나 연인 사이에 형성될 수 있는 달콤함이 믿음만큼 결코 지속성을 가질 수 없기 때문이다.

사실 절대자에 대한 경외감이나 연인 사이의 달콤함도 믿음이라는 기준이 없이는 성립할 수 없을 것이다. 믿음이 없는 연인 관계라든가 절대자에 대한 경외감이란 성립될 수 없을뿐더러 궁극에는 그러한 관계들은 사상누각에 불과할 뿐이다. 이런 맥락에서 이 작품은 삶의 기본질서이나 추진 동력인 믿음을 최우선의 가치에 두었다는 점에서 의미를 찾을 수 있을 것이고 또 그것이 없는 사회에서 흔히 벌어질 수 있는 여러 무질서와 혼돈에 대한 경계의 목소리도 담아내고 있다고 점에서 그 의미를 찾을 수 있을 것이다.

건너방

기침 깊은 소리

기침으로 내가 벌어먹고 살 제

아버지의 오랜 기침은 폐암이었다

애들만 남기고 돌아간

아버지의 천식 어머니는 한(恨)으로,

겨우내 어린 가장은 냉 받친 한숨으로,

대물림으로 젊어 돌아간 삼촌은 삭인 설움으로,

가쁜 가슴에 찢어 터진 기침이었지만

아버지의 담배 속 기침은 짙은 미련이리라.

그 어머니와 동생을 가난에 보낸 아버지에게

기침은 농 짙은 미련이리라

못된 응어리를 녹일 수 있다면

가래처럼 퉤! 하고 내뱉을 수 있으련만

밤은 깊은데

아버지는 잠 못 들고

건너방

기침은 더 깊어간다

— 김대겸, 「기침」

이 작품은 시인의 개인사를 토대로 쓰여진 시이다. 개인의 독특한 체험이 서정화의 한 양식으로 스며들 수 있다는 것은 자연스러운 일이거니와 이 작품을 이끌어가는 핵심 소재 또한 기침이다. 여기서 기침은 다의적인 의미를 갖는다. 그것은 아버지에게는 암이었고, 어머니에게는 한이라는 중층적 성격을 갖는 것이기 때문이다.

　뿐만 아니라 그것은 우리를 길러낸 삶의 끈이었고, 또 내가 이를 통해 생계유지를 하는 수단도 했다. 그러니까 기침은 나와 내 주변을 둘러싸고 있었던 삶의 총체였던 셈이다. 거기에는 모순이 있었고, 또 긍정도 있었다. 말하자면 우리와 우리 주변의 삶의 자화상이 모두 묻어나 있었던 것이다. 그런 총체성이 "밤은 깊은데/아버지는 잠 못 들고/건너방/기침은 더 깊어간다"라는 연속에 더욱 심화되어 나타나는 것이다. 일상에서 흔히 접할 수 있는 소재를 아름답게 서정화하고 이를 의미화시킨 것이 이 작품의 강점일 것이다.

　　　아는 것과 모르는 것의 불확실한 경계

　　　거기에서 늘 어지럽다

　　　바다 위 페트병처럼

　　　떠다니는, 때로는 침몰하는

　　　그 경계를

　　　바람은, 나

　　　로부터 머언 쪽으로 자꾸 밀어내고

　　　고독이 대신 틈바귀를 채운다

　　　밀린 카드 대금 납부 독촉장처럼

　　　세상의 공식은 여전히

가득한 활자로 가슴을 파고드는데
등호가 동일함을 담보하지 못하고,
나와 세상의 경계가 보이지 않는 것
끝내 경계를 허물지 못하는 것은
늘 덜 전개된 채 내게로 오는
세상 탓인가 미처
해체되지 못한 내 무지 탓인가

—— 이원효, 「경계」

　경계란 이곳과 저곳을 구분하는 기준이면서 어느 한 곳으로 치우치지 않는 점이지대를 말한다. 그렇기에 이곳은 중간의 지대이며 무언가 균형추를 이루는 공간이기도 하다. 마치 저울의 눈금처럼 이곳은 어느 한 곳으로 치우치지 않는다. 어쩌면 교묘한 줄타기를 하는 공간으로 구상화되는데, 오히려 그런 곳이기에 이곳은 가장 예민한 공간이기도 하다. 실상 상상력이 가장 발산되는 곳도 이 경계의 지대에서 이루어진다. 여기서는 열려진 부분과 가려진 부분에서 추동되는 호기심이 가장 활발하게 생성되는 곳이다.

　이 작품의 의도도 여기서 출발한다. 하나의 경계 속에서 더 이상 진행하지 못하는 서정적 자아의 머뭇거림이야말로 이런 경계의 상상력을 가장 잘 보여주고 있는 것이 아닐까 한다. 앎과 무지, 가능성과 불가능성, 나와 세상의 경계에서 끊임없이 줄타기 할 수밖에 없는 경계의 상상력, 그것이야말로 지금 여기를 살아가는 인간들의 슬픈 숙명이 아닐까. 이 작품은 이 시대에 흔히 겪을 수 있는 이런 군상들을 경계라는 상상력을 통해서 읽어내고 있다는 점에서 매우 의미있는 작품이라 하겠다.

늘 당당하게 문고리를 어루만져왔으나
지하실 문이 열릴 때마다
산목숨들이 죽어나가는 걸
나는 막지 못했다

서로의 성별과 나이를 벗겨낸 그들은
텅 빈 상자 안에 스스로를 욱여넣고
어둠을 반주로
적막하게 울리는 연주를 준비했을 것이다

내 손이 주워온 이 칼은
사지가 잘려나간 지휘봉이다
허공을 떼어내는 소매의 몸짓은
혈류가 누벼온 어제의 음계를 그대로 따른 것뿐이다

썩어가는 한 구 뼈마디에서
한데 모인 붉은 체온이 길어 올리는 물소리를 들었다
저마다 다른 높이에서 끄집어낸 음표들처럼
중심으로부터 조금씩 멀어져가는

연주를 끝내지 못한 육체들이 나의 지휘를 기다리고 있는
여기는 실습실이 아닐지도 모른다
지친 나는 겨우 방문을 닫고 돌아와
한 구의 그림자 위에 눕는다

— 김호준, 「해부」

인간이 신의 영역에 도전하는 것은 어불성설이다. 오늘날 걷잡을 수 없이 번지는 수많은 질병들도 어찌보면 신의 영역에 도전하려 했던 인간의 오만에서 온 것인지도 모른다. 신성성은 쉽게 부르고 접근할 수 있는 것일지 몰라도 그 본질에 육박하는 것은 불가능한 일이다. 이 작품을 이끌어가는 서정적 자아의 의도도 이 음역으로부터 자유롭지 못하다. "늘 당당하게 문고리를 어루만져왔으나/지하실 문이 열릴 때마다/산목숨들이 죽어나가는 걸/나는 막지 못했다"는 자책은 이런 한계에서 오는 정서라 할 수 있다.

그럼에도 죽은 자는 어둠을 반주로 평온한 상태에 놓여 있다. 이는 어찌 보면 신이 남겨놓은 인간의 육체를 어찌 하지 못한 나약한 인간의 한계를 말하는 것이 아닐까 한다. 인간의 육체는 신이 만들어 놓은 영역에 이르기까지 인간의 손길, 곧 육체의 병을 치료하는 전문가의 손을 기다리지만, 궁극에는 지칠 따름이고 "한 구의 그림자 위에 누"울 수밖에 없는 나약한 존재임을 스스로 인정할 뿐이다. 이 작품은 신성이란 무엇인가 또 이에 다가가려는 인간의 한계가 무엇인가를 묻는, 존재 탐구의 시라는 점에서 의미 있는 경우라 하겠다.

송기한   충남 논산 출생. 서울대학교 국어국문학과 및 동 대학원 졸업. 문학박사, 문학평론가. UC Berkeley 객원교수. 현재 대전대학교 인문예술대학 교수로 있다.

필내음 창간호 『소나기를 만나다』 출판기념회

2012년 3월 3일 필내음 창간호 『소나기를 만나다』 출판기념회 행사를 진행했다.

필내음 문학동인회 연혁

1974. 5. 필내음 문학동인회 발족

  10. 제1회 문학의 밤 (시온 예식장) 회장 송세헌

1975. 10. 제2회 문학의 밤 (의대 교정) 회장 김옥년

1977. 10. 제1회 시화전 (의대교정) 회장 조석현

1978. 5. 제3회 문학의 밤 (의대 세미나실)

  10. 제2회 시화전 (홍명 미술관) 회장 주영만

1979. 10. 제3회 시화전 (가톨릭 문화회관) 회장 홍인표

1981. 9. 제4회 시화전 (시민회관 소전시실) 회장 이봉규

1982. 9. 제5회 시화전 (충남의대 3층) 회장 최양석

1983. 9. 제6회 시화전 (대전 문화원) 회장 권주원

1984. 9. 제7회 시화전 (학생회관) 회장 김명수

1985. 9. 제8회 시화전 (부속병원 회의실) 회장 김중근

1986. 9. 제9회 시화전 (부속병원 로비) 회장 김홍성

1987. 9. 제10회 시화전 (부속병원 로비) 회장 박권수

1988. 11. 제11회 시화전 (부속병원 로비) 회장 송영복

1989. 9. 제12회 시화전 (부속병원 로비) 회장 허동식

1990. 9. 제13회 시화전 (의대교정) 회장 전호진

1991. 9. 제14회 시화전 (부속병원 로비) 회장 이오영

1992. 10.	제15회 시화전 (부속병원 로비) 회장 최회석
1993. 10.	제16회 시화전 (부속병원 로비) 회장 이은규, 구영선
1994. 10.	제17회 시화전 (부속병원 로비) 회장 이엄석
1995. 9.	제18회 시화전 (부속병원 로비) 회장 이동훈
1998. 6.	제19회 시화전 (부속병원 로비) 회장 김의준
2001. 3. 19	프리첼 홈페이지 개설
5.	제20회 시화전 (부속병원 로비) 회장 이원효
7. 21	필내음 OB모임 창립총회, 이후 월 1회 합평회 개최
	(대덕 롯데호텔; 회장 송세헌, 총무 권주원)
8. 31	재학생, 졸업생 대모임 (예술마당)
2003. 3. 24	옥천 문학회 초청 시낭송회 (옥천)
2004. 10. 27	길상호, 윤선아 시인초청 월례 합평회
2005. 5. 23	김수남 소설가 초청 월례 합평회
8. 26	김백겸 시인 초청 월례 합평회
9. 22	길상호 시인 초청 월례 합평회
12. 23	윤은경, 박인정 시인과 월례 합평회
2006. 9. 25	송계헌 시인 초청 월례 합평회
10. 18	옥천 지용문학교실 참석 (유성호, 김성장)
11. 19	경주 시인대회 참가
12. 6	옥천군 지용문학교실 참석 (도종환)
2007. 2. 15	손기섭 선생님 초청 월례 합평회
6. 28	옥천군 지용문학교실 참석 (안도현)
7. 11	옥천 문학회 조만희 수필가 초청 월례 합평회
10. 13	심정임 선배님 초청 월례 합평회

11. 29　유진택, 윤은경 시인 초청 월례 합평회

2008.　5. 16　연변 조선족민족작가 주석 김학천 일행 초청 월례
　　　　　　　　합평회

　　　10. 29　송기한, 김영미 선생님 초청 월례 합평회 및 출판
　　　　　　　　기념회

2009.　5. 13　송기한 선생님 초청 월례 합평회

　　　11. 28　충북 옥천 장령산 1박2일 캠프 합평회

2010.　2. 23　유진택 시인 초청 월례 합평회

　　　 4. 28　박권수 동인 등단 축하 월례 합평회

　　　 6. 30　김미애 시낭송인 초청 월례 합평회

2012.　3.　3　필내음 창간호『소나기를 만나다』발간

　　　 6.　　　온라인 카페 개설 (http://cafe.daum.net/pilnaeum)

　　　 7.　9　윤은경, 김미숙 시인 초청 월례 합평회

　　　11.　5　김욱중 동인『고흐과 추억』출판기념회 (예술마당)

　　　12. 10　송년회 및 송기한 선생님 초청 월례 합평회 (셀라비)

2013.　7. 12　심정임 원장님『아침 무지개를 꿈꾸며』출판기념회
　　　　　　　　참석

　　　 7. 15　송기한, 유진택, 윤은경 시인 초청 월례 합평회

　　　12. 16　김호준 동인 전국 의대생 시 공모전 최우수상 수상
　　　　　　　　기념회 겸 송년회 (셀라비)

2014.　2. 10　윤은경 시인 초청 월례 합평회

　　　 3. 10　송은애 시인 초청 월례 합평회

　　　 4. 14　윤은경 시인 초청 월례 합평회

5. 12 송기한 선생님, 김미숙 시낭송인, 윤은경 시인 초청
　　　　월례 합평회

7. 14 김호준 동인 등단 축하 월례 합평회

10. 20 월례 합평회

11. 10 월례 합평회

12. 10 송기한 선생님, 송은애 시인 초청 월례 합평회 겸
　　　　송년회 (라온 컨벤션)

2015. 1. 19 월례 합평회 겸 신년회 (맛청)

2. 26 월례 합평회 (후지산)

3. 16 권주원 동인 『백호일지』 간행기념 합평회

4. 13 동인지 2집 가편집 모임

7. 11 동인지 2집 출판기념회

필내음

문학동인회 제2집 2015

기침이 하는
말들